탄

ICHIGETSU MONOGATARI

by Keiichiro Hirano

Copyright © 1999 Keiichiro Hirano/Cork
Originally published in Japan by Shinchosha Co., Ltd 1999.
Korean Translation Copyright © 1999, 2008 by MUNHAKDONGNE Publishing Corp.
All rights reserved.

Korean translation rights is reserved by Munhakdongne
under the license granted by Keiichiro Hirano arranged through Cork, Inc..

이 책의 한국어판 저작권은 Cork Agency를 통해
저자와 독점 계약한 (주)문학동네에 있습니다.
저작권법에 의해 한국 내에서 보호를 받는 저작물이므로
무단 전재 및 무단 복제를 금합니다.

이 도서의 국립중앙도서관 출판예정도서목록(CIP)은
서지정보유통지원시스템 홈페이지(http://seoji.nl.go.kr)와
국가자료공동목록시스템(http://www.nl.go.kr/kolisnet)에서 이용하실 수 있습니다.
(CIP제어번호 : CIP2008001390)

달

히라노 게이치로 장편소설 · 양윤옥 옮김

문학동네

팔랑 팔랑 팔랑 날아가는 저기 저것

꿈인가 생시인가, 꼭 그 한가운데

― 기타무라 도코쿠*

* 시인, 평론가. 지방 호족인 오다와라(小田原) 가의 장남으로 태어났다. 메이지 유신 후 대장성에 출사하게 된 부친과 함께 상경하여, 도쿄 전문학교(현 와세다 대학)에 입학했다. 이후 학업을 중지하고 민권운동에 참가했으나 열정적 운동가가 되지는 못했다. 사업에 뛰어들었지만 실패하고, 미국 선교사의 통역 등으로 생활을 꾸려나갔다. 1891년 시집 『봉래곡』을 간행했으며, 1892년 문예지 『평화』의 주간이 되었고, 다음해인 1893년에는 『문학계』 창간을 주도하며 강렬한 낭만주의 문학을 펼쳐나갔다. 그의 낭만주의적 색채가 강한 평론은 '정열'에 대한 예찬과, 연애지상주의의 구가에서 그 극점을 이룬다. 그는 당시 모리 오가이 등의 유곽 정취(遊廓情趣)를 여성 멸시의 입장을 취한 것이라 하여 경멸하였다. 그러나 연애지상주의의 실천으로 신분이 다른 여성과 연애결혼한 그는 가정생활에서 끊임없이 불화가 이는 등 사회생활에서는 실패를 거듭하여, 모리 오가이로부터 "그가 정치가로도 사업가로도 자립하지 못한 것은 로맨틱에 지나치게 경도된 탓이 아닌가"라는 비판을 들었다. 에머슨, 셰익스피어, 괴테, 바이런 등의 영향을 받았다. 특히, 『봉래곡』은 바이런의 『만프레드』에서 강한 영향을 받은 시집으로 알려져 있다. 1894년, 그의 나이 스물일곱 살 때 자살하였다.

*

1897년 초여름 저녁나절.

나라 현 도쓰카와 마을 왕선악* 산중에 한 청년이 우두망찰 홀로 서 있었다. 흰 바탕에 짙푸른 빗살무늬가 그어진 거친 비단 윗도리에 까슬한 무명 바지, 짧고 말끔하게 자른 머리에 약

---

* 往仙岳, 일본어 발음은 오센다케. 나라(奈良) 현 지방의 남쪽 끝에 이 소설의 무대인 도쓰카와(十津川)가 있고, 그 주변을 둘러싼 산의 이름 중에 발음은 같지만 한자가 다른 행선악(行仙岳)이 있다. 저자인 히라노 게이치로는, 이 산의 이름에서 일부러 행(行)을 왕(往)으로 바꾸었다고 한다. 그 밖의 지명은 고유 명사이므로 일본어 발음대로 표기하였지만, 이 왕선악만은 저자의 '일부러'를 살펴보고자 우리 한자음대로 표기했다.

간 초췌한 얼굴 생김이, 굽 달린 나막신만 짚신으로 갈아신었달 뿐, 한눈에 도쿄 미타 번화가에서 흔히 마주치는 영락없는 서생 차림이었다. 그 차림새가 주변에 펼쳐진 풍경 속에 너무도 생뚱맞았다.

대단히 준수한 용모, 그러나 재빠르게 두세 번씩 연이어 깜빡이는 그 깊은 눈매에는 붉은 기 도는 동판(銅版)에 예리한 침으로 수없이 선을 덧새긴 듯한 그늘이 드리워져 있었다. 개화기 이전에는 보기 힘들었을, 이국적인 흑담즙질 얼굴. 이 또한 험한 산중에 서 있기에는 묘하기 짝이 없는 모습이었다.

급격하게 경사진 비탈을 이루며 솟아오른 산을 울창하게 뒤덮은 물참나무 숲은, 황혼녘의 붉은빛을 한껏 빨아들여 꿀을 잔뜩 머금은 벌집처럼 부풀어 있었다. 지는 저녁노을은 저 멀리까지 이어지고, 나뭇가지 사이로 비치는 햇빛이 설핏하다.

뒤를 돌아보다 비로소 해가 저무는 것을 깨달은 청년은 멍하니 그 자리에 발걸음을 멈추었다.

"대체 내가 어디를 헤매고 있는 것일까?"

두견새 울음소리가 일제히 하늘을 향해 날아올랐다.

이하라 마사키, 그는 우리 나이로 스물다섯이었다.

구마노 본사에 가고자, 하시모토에서 길을 떠나 험로를 따라 걸은 지 벌써 이틀째였다. 산세 험악하기로 둘째가라면 서러울 오바코 고개를 넘어 이모제에 이르는 여정에서는 다들 그러듯이, 마침맞게 중간 거리에 여숙(旅宿)이 자리잡은 우에니시에서 하룻밤을 보냈다. 거기서 마사키는 먼 길을 걸어오느라 너덜너덜 닳아버린 짚신을 버리고 새것을 두 벌 사들였다. 그리고 오늘 아침에 대수로운 일은 아니나 사정이 좀 있어 남들보다 한 발 늦게 여숙을 나섰다. 이후로는 생각 밖으로 여정도 순조로워 도쿄 서생다운 참참한 걸음이었으나 가뿐히 이모제를 넘고 미우라까지 들어, 해가 조금 기웃할 즈음에는 이윽고 그 고갯마루에 막 발을 들이려는 참이었다.

열 살 남짓할 무렵부터 세간에서 흔히 말하는 신경쇠약이라는 병에 시달리던 마사키는, 여행으로 그 기울(氣鬱)을 가라앉히기를 버릇 삼아왔다. 양친의 권고에 따라 시작한 일이었다. 먼저 부친이 말을 띄우고, 어머니가 찬성하였다. 마사키는 첫 여행에서 그 효능을 알고는, 그후부터 자진하여 이 묘약을 즐겨 활용하게 되었다.

행선지는 대부분 정해져 있지 않았다. 마음 내키는 대로 열차에 올라타고. 싫증이 나면 어디서든 열차에서 내려 발 디딘 땅을 구경하며 돌아다녔다. 번다한 시가지를 구경하기도 했고, 유적지를 찾기도 했다. 때로는 사람 발길조차 뜸한 옛 명승지를 순례하였다. 그런 식이었으니 생각지도 않게 먼 거리를 걸어야 하는 일도 드물지 않았다. 그러나 그런 긴 도보행을 괴롭게 느낀 적은 없었다. 육체가 외계로부터 직접 받아들이는 피로가 마사키에게는 도리어 기꺼웠다. 그것은, 내부의 금속판 같은 공명기(共鳴器)를 거쳐 들어와 쌓이는 피로와는 애초부터 질이 다른 것이었다. 여숙에서 한 차례 목욕을 하고 나면, 여행길의 먼지와 함께 남김없이 씻겨져나가는 상쾌한 피로. 다시 길 떠나는 다음날 아침, 깜빡 잊고 잠자리에 두고 와도 그만인 피로. 그런 종류의 피로였다.

며칠 전, 마사키는 문득 그 피로가 그리워졌다. 그길로 대학에서 친구들 몇몇에게 돈을 좀 빌리고, 기숙하던 숙부 집에 돌아가 인사를 드리고 그참에 돈도 좀 얻었다. 그러곤 아무런 준비도 없이 입은 옷차림 그대로 홀로 신바시 역으로 향했던 것이다.

마사키가 지금 이렇듯 험한 산속을 헤매기까지는, 몇 건인가 기이한 연(緣)이 있었다. 그 인연의 시작은 아주 잠시 주고받은 눈맞춤이었다.

허겁지겁 내달리듯 역에 닿은 마사키는 입구에 멈춰 서서 궁리했다.

"아무튼 예까지는 발이 이끄는 대로 왔다. 자, 이제 어디로 떠날까. ……망설일 것 없이 서쪽으로 갈까. 아니면 우에노로 나가 동쪽으로 떠날까."

지난번에는 바쇼*의 족적을 더듬어 마쓰시마까지 갔었다. 그렇다면 이번에는 반대로 서쪽을 향해볼 것인가. 그러나 머릿속에 마쓰시마의 절경이 되살아났다. 다시 한번 그곳에 가보는 것도 나쁘지 않을 것 같았다.

"우에노로 갈까……"

그렇게 혼자 중얼거리며 발을 떼려는 순간, 서양 옷차림의 남녀 네댓 명이 그의 앞을 가로질렀다.

"……아녜요, 벚꽃이 다 져도 요시노는 아름다운 곳인걸요."

서른 못 미처 보이는 여인이었다. 여인은 양산을 비스듬히 기울어, 같이 가던 모친인 듯한 이를 미소 띤 얼굴로 바라보며 말

---

* 본명 마쓰오 바쇼(松尾芭蕉, 1644~1694). 에도 전기의 하이쿠 시인. 하이쿠에 골계미를 담아 높은 문학성을 부여하였으며, 각지를 여행하며 수많은 명구와 기행문을 남겼다.

했다. 프랑스 풍 리본에 붉은 장미꽃 머리핀을 비스듬히 꽂고, 모자를 쓴 여인. 짙은 검은색 머릿결에, 연꽃 줄기처럼 가냘프고 기다란 목이 새하얗다. 펼쳐든 엷은 복숭아빛 양산은 그대로 복숭아 꽃잎 같았고, 살짝 쳐들린 모자의 둥근 차양은 선명한 꽃수술 같았다. 귀족의 영양답게 호사스런 하얀 서양풍 드레스를 아무렇지도 않게 입어내는 기품 있는 차림으로 잡답 속에 문득 발걸음을 멈춘 그 모습에서, 마사키는 숙부의 서재에서 보았던, 모네의 손을 빌린 여인의 그림을 떠올렸다.

화집 속의 여인 못지않게 서양 옷이 썩 익숙해 보여 고까운 느낌이 전혀 일지 않았다. 굽 높은 구두도 잘 어울렸다. 그러면서도 멈춰 선 자태 어딘가에서 고풍스러움이 풍겼다. 머리 꾸밈새대로 동서양의 풍취가 미묘하게 어울려 이상한 매력을 빚어내고 있었다.

문득 여인이 마사키를 돌아보며, 심상치 않은 눈길로 고개를 갸웃했다. 엷게 루주를 바른 단정한 입술이 가만히 열리며 하얀 이가 내다보였다. 뭔가 할말이 있는 것일까. 마사키는 저도 모르게 여인의 눈을 마주 보았다. 그러나 말은 없었다. 그저 잠깐 힘이 담긴 눈짓을 한 번 보내고는, 할말을 이미 다 해버렸다는 듯이 그 입술이 닫혔다.

마사키는 당황했다. 그러면서도 여인이 그러했듯이, 말로 표현되지 않는 무엇인가를 머뭇머뭇 눈으로 전했다. 채 의식의 단계에도 오르지 못한, 자신조차 알 수 없는 그 무엇인가였다. ─ 그러나 여인은 이 응답에 살포시 흡족한 웃음을 짓더니, 말없이 입을 다문 채 얼굴을 돌렸다. 여인이 다시 발걸음을 떼었다. 앞서 가던 동행의 사내에게 말을 건네며 잡답을 벗어나 개찰구를 넘어 어느 틈엔가 플랫폼 건너편으로 사라졌다.

마사키는 망연히 그 뒷모습을 지켜보았다.

"요시노라……"

마사키는 혼잣말을 하며 매표구로 다가갔다. 서쪽으로 향하는 도카이도 선 차표를 샀다.

이것이 첫번째 인연이었다.

마사키는 플랫폼에서 그들 일행을 얼핏 본 것을 마지막으로 여인과 다시 만나지 못했다. 그들은 일등 객차에 타는 신분이고, 마사키는 콩나물 시루 같은 삼등 객차에서 전후의 호황도 이제 슬슬 위험하다는 둥, 쌀값이 오를 것 같다는 둥의 이야기를 들으며 자리도 잡지 못한 채 서서 가는 처지이니, 어깨를 나란히 하고 그 뒤를 쫓을 수는 없는 노릇이었다. 그러나 설령 그럴 수 있다 해도, 여인이 원하는 것은 그런 것이 아니었으리라.

눈길로 서로 나누었던 '이야기'는 그런 방자한 방식이 아니었다. 좀더 은근히, 좀더 우연히 이루어져야 할 것이었다. 그 때문에 무엇 하나 딱히 짚이는 것이 없음에도 불구하고, 마사키는 요시노에 가기만 하면 어디선가 불현듯 여인과 재회할 수 있으리라는 애매하기 짝이 없는 기대를 품었고, 이를 확신처럼 믿고 있었다.

교토에서 여숙에 들어 하룻밤을 보내고, 개통된 지 얼마 안된 나라 철도를 탄 것은 다음날 시치조 역에서였다. 열차는 기즈를 넘어 종착역인 나라에 닿았다. 거기에서 다시 오사카 철도로 갈아타고, 오우지를 거쳐 다카다에 닿았다.

다카다에서 다시 여숙에 들었다.

이제 곧 요시노에 닿게 될 것이다. 불현듯 요시노가 너무도 그리웠다.

마사키는 요시노에 가본 적이 한 번도 없었다. 소년 시절부터 애독해왔던 『태평기』*며 『남공삼대기』** 등을 통해 상상 속에서만 몇 번이고 그 땅을 더듬은 터였다. 이제 곧 닿을 요시노에

---

* 전40권의 일본 고전 군사 소설. 남북조 시대 오십여 년간의 전쟁사를 화려한 일한문 혼용체로 묘사했다.
** 일본 남북조 시대의 무장 구스노키(楠木) 가문의 삼대에 걸친 전쟁사.

옛 도읍지의 자취는 이미 사라진 지 오래일 터. 단지 그 환영의 흔적을 찾아 걷는 아름다운 여인의 모습만 얼핏 —

마사키는 이런 생각을 품고 다음날 아침 난와 철도에 몸을 실었다. 마사키가 대각선 건너편 자리에 앉은 한 노인을 깨달은 것은 열차에 몸을 실은 지 한참 후였다. 노인은 빗금무늬가 든 짙은 청색 윗도리에 자색 각대(角帶), 무릎 아래로는 각반(脚絆)을 두른 차림이었다. 뼈와 가죽만 남은 다리가 내다보였다. 팔뚝은 막대처럼 가늘었다. 그러나 어딘지 다부진 느낌을 주는 체격이었다.

장사(壯士)라고 하기에는 나이가 너무 들었다. 두툼했을 살집은 내려앉고 불콰했을 혈색은 거뭇거뭇해져 허옇게 곰팡이 꽃이 핀 곶감 같은 얼굴, 그 얼굴에 듬성듬성 허연 턱수염이 돋았다. 머리는 벗어진 것인지 처음부터 그런 것인지 분간이 안 되게, 귀 뒤로 있는 둥 마는 둥 조금 남은 머리털을 그러모아 여전히 변발을 하고 있었다.

특별히 아는 얼굴은 아니었다. 어디서 본 듯한 느낌이 드는 것은, 어제 교토에서부터 계속 마사키와 같은 열차에 타고 있었기 때문이었다. 오늘도 같은 열차의 같은 차량에 타고 있다. 마사키는 저도 모르게 노인의 얼굴을 물끄러미 쳐다보았다. 그러자 노인이 기다렸다는 듯이 자리에서 일어나더니 말을 붙여왔다.

이것이 두번째 인연이었다.

"이제야 제우 알아보는구먼."

노인은 마사키 옆에 와 앉는 것이 당연하다는 듯 자리를 옮겨앉더니, 한동네 영감님처럼 친숙하게 얘기를 꺼냈다.

마사키는 여행길의 이런 만남을 그리 탐탁해하지 않았다. 될수 있으면 혼자만의 여행이고 싶었다. 혹 누구를 우연히 사귄다해도, 그것은 그의 마음이 내킬 때, 마음 내키는 곳에서여야 했다. 그렇지 않으면 여행에서 얻게 될 효능이 반으로 줄어버리기 때문이었다.

마사키는 무심결에 조금 싫은 내색을 했다. 그러나 노인은 그런 내색에 마음 쓰는 기척이라고는 털끝만큼도 없었다. 줄줄이 이야기를 이어가며, 이따금 자기가 말한 우스갯소리에 혼자서 컬컬컬 웃기까지 했다. 그 웃음이 그의 색다른 풍채와 더불어 어딘지 음산한 분위기를 풍겼다. 친척 중에 발광한 사람이 있어서, 마사키는 몇 번인가 정신병원에 문병간 일이 있었다. 정신에 이상을 일으킨 자는 이따금 무의미한 마른 웃음을 짓곤 했다. 노인의 웃음은 그런 종류의 것이었다.

별수 없이, 마사키는 구즈에 도착할 때까지 조금만 참자고 마음먹고, 노인의 이야기에 건성으로 박자를 맞추었다. 노인은 이 철도의 종점인 후다미까지 가서, 거기서부터는 걸어서 고야 가도에 들어, 소롯길을 따라 구마노 본사에 참배할 작정이라 했다.

"마침 여행길에 동행이 생겼으니, 자네도 적이 안심이 될 거구먼. 누가 뭐래도 소롯길은 적적허기 짝이 없는 길이니께 말여."

노옹이 자기 여정을 이야기하던 끝에 덧붙였다. 말투를 듣자하니, 가와치 부근 사투리 같았다.

마사키는 눈을 둥그렇게 뜨고 노인을 바라보았다.

'설마 이 영감님이 나를 구마노까지 데리고 갈 작정인가?'

정신이 번쩍 들어 비로소 정색하며 거절했다.

"죄송합니다만, 저는 구마노에 갈 예정은 없습니다. 구즈에서 내리지요."

그 말이 노인에게는 퍽이나 우스운 모양이었다. 노인은 혼자서 컬컬컬 웃어대더니 말했다.

"요시노는 포기허는 게 좋을 것이구먼. 자네는 나허고 함께 구마노 본사에 가야 혀, 암."

마사키는 슬그머니 화가 치밀었다.

"영감님께서 구마노에 가신다면, 그야 영감님 뜻대로 하시지요. 그렇지만 제가 요시노에 가겠다는 건 제 뜻입니다. 영감님께서 이리 가자 저리 가자 하실 이유는 없겠지요."

노인은 이번에도 참을 수 없다는 듯 한바탕 웃어젖혔다.

"자네가 아무리 그리 말해도 구즈는 애저녁에 지나쳤는걸. 다음 역이 이 열차의 종착역인 후다미라네."

마사키는 당황해서 바깥을 내다보았다. 차창을 지나치는 경치로는 그곳이 어디인지 알 수 없었다. 마침 지나가던 차장을 불러 세우고, 마사키는 다음 역을 확인했다.

"예, 다음은 후다미, 종착역입니다."

마사키는 깜짝 놀라 노인을 돌아보았다. 노인은 여전히 웃음을 띤 채, 마사키의 얼굴을 참참이 지켜보고 있었다. 인간 따위는 자기를 따라올래야 따라올 수 없다는 듯 득의만만한 표정. 그 모습이 마치 흉물스런 도깨비 같았다. 이따금 심하게 흔들리며 달려가는 차창을 통해 바람이 기어드는 소리가 아득하게 들렸다……

기억을 더듬을수록 마사키의 혼란은 깊어졌다. 아무리 생각해도 구즈에서 열차가 멈춘 기억이 없었다. 멈추지 않은 건가.

아니, 그럴 리 없었다. 그렇다면, 멈췄는데도 알지 못했던가. 그러나 생각해보니 구즈뿐만 아니라, 다른 어떤 역에도 열차가 머물렀다는 기억이 없었다. 마치 다카다에서 단숨에 이곳까지 와버린 것 같았다. 시계를 보니, 종착역에 닿을 만큼 시간은 충분히 흘러 있었다. 그렇다면……

그때, 두 사람의 눈앞을 한 마리 검은 제비나비가 우아한 날갯짓으로 스쳐 날았다. 열려 있는 차창으로 날아든 나비였다. 진초록빛 황금가루가 뿌려진 듯한 날개에 기묘한 붉은 점이 하나씩 박혀 있고, 머리에는 아주 민감해 보이는 더듬이 한 쌍이 뾰죽 돋아 있었다.

노인은 나비를 바라보며 혼잣말처럼 말을 건넸다.

"어허 저런, 너까지 마중을 나왔더냐."

그리고 순식간에 두 팔을 뻗어 손을 동그랗게 만들더니 그 안에 나비를 잡아들였다.

"뭐이라? 음, 이제 조금만 더 가면 되지."

노인이 나비를 바라보며 중얼거리는 사이, 열차는 이윽고 후다미 역에 도착했다.

노인은 나비를 허공에 날려주며 말했다.

"헤매지 말거라."

그 모습을 지켜보며, 마사키는 노인이 한층 더 음침하게만 여겨졌다.

마사키는 아무리 생각해도 구즈에서 내리는 것을 잊고 만 것이 심히 마음에 거슬렸다. 이런 반미치광이 같은 노인에게 정신이 팔려서 내릴 역을 그냥 지나쳐버린 자신을 도무지 용납할 수 없었다. 요시노에 갈 역을 놓쳐버림과 동시에 더더욱 아쉽기 짝이 없는 일은, 양산을 비스듬히 받쳐들었던 여인과의 재회까지도 영영 불가능하게 된 것이었다. 노인의 손에서 풀려난 나비가 흩뿌린 선명한 날갯가루처럼, 여인의 환상도 허공에 흩어져 사라져버리는 듯한 허퉁한 느낌이었다. 한순간 서로 나누었던 묘한 약속을 어이없이 잃고 만 것이다. 요시노에게, 그리고 여인에게 버림받은 듯했다. 마사키가 노인을 따라 구마노에 가기로 마음먹은 것은, 그런 허퉁함에 조금은 자포자기의 심정이 되어 머리가 이상한 노인과 음산한 구마노 본사를 참배하는 것도 그리 나쁠 것은 없겠다는 뒤틀린 생각이 들었기 때문인지도 모른다.

……그러나 나비와 함께 사라져버린 것은 단지 여인의 환상만이 아니었다. 막상 길동무가 되어 함께 발걸음을 뗀 순간부터, 노인은 언제 그랬냐 싶게 태도가 바뀌어 한마디 말도 하지

않았다. 그저 앞을 향해 묵묵히 발걸음을 옮기다가, 이따금 품 속에서 종이쪽지를 꺼내 들고는 뭔가 중얼중얼 읊조려가며, 무슨 시조 같은 것을 적어넣고 있었다. 마사키는 처음에는 그게 편하고 좋았다. 듣기 싫은 우스갯소리에 억지로 박자를 맞추지 않아도 되니 가슴속이 다 시원해지는 것 같았다. 그러나 오래잖아 이 침묵이 도리어 불안해졌다. 이러쿵저러쿵 떠들어댈 때조차도 정체를 알 수 없는 노인네가 입을 꾹 다물고 있으니 더욱더 수상쩍은 생각이 제멋대로 부풀어올랐다.

되도록 거슬리지 않을 듯한 화젯거리를 들춰 노인에게 말을 걸어보았다. 그러자 뜻밖에 멀쩡한 대답이 돌아왔다. 처음에는 물으나마나 한 이야기로 말문을 텄지만, 차츰 그런 얘기로는 성이 차지 않아 좀더 깊은 속내를 캐보고 싶었다. 대충 짚이는 대로 여정에 대해 말을 꺼냈다. 구마노 본사에 가자면 고조에서 도쓰카와 강을 따라 니시구마노 가도를 타는 편이 좋지 않겠는 가고 물었다. 강물을 내려다보며 강변을 따라 여행하고 싶은 마음에서였다. 그러자 노인은, 그쪽 길은 지난번 대홍수로 죄다 허물어져버렸다며, 그사이 길을 고쳐놨는지도 모르지만, 만일을 대비해서 소롯길로 갈 거라고 말했다. 노인이 말하는 대홍수란, 1889년 2월 8일의 호우로 도쓰카와 강이 범람했던 사건이었다. 비 피해가 엄청나 곳곳에서 대규모의 지반 붕괴가 일어나고, 둑이 무너진 곳만 37개소, 전파 가옥 426채, 반파 184채, 227개 마을의 전답이 매몰되고, 죽은 사람만도 당시의 우지요시노 군의 군수를 포함해 168명에 이르렀다. 당시의 피해 시찰 보고서는 그 참담한 상황을 제법 자세하게 기록해두고 있는데, '도쓰카와 연안의 취락 지역, 옛 모습 찾아볼 수 없음'이라고 전하고 있다.

마사키는, 정상적인 사람과 전혀 다를 것 없는 노인의 대답에 어쩐지 맥이 빠졌다. 어디 그렇다면, 하고 조금 우회하여 이참에 고야 산까지 둘러보면 좋겠다고 물어보았다.

노인은 비웃는 듯한 어조로 간단히 대답했다.

"나는 까까머리 서생은 싫네."

노인의 말에 마사키는 힘껏 당기던 밧줄을 불시에 털썩 놓치고 뒤로 엉덩방아를 찧은 꼴이었다. 목까지 올라와 있던 다음 질문들이 다시 뱃속으로 기어들어가는 듯한 기분이었다.

그날, 마사키와 노인은 하시모토의 여숙에서 하룻밤을 보냈다. 다음날 아침, 일찌감치 길을 떠나 고야 가도에 들어서 단숨에 여숙이 있는 우에니시까지 당도했다. 그사이 노인은 여전히 과묵했으나, 이따금 어제 마사키와 나누었던 여정에 관한 이야기를 다시 들춰내며, "흥, 나더러 그 길을 또 가라고?"라는 말을 불퉁불퉁 중얼거리곤 했다.

마사키는 그때까지 자기 이름을 밝히지 않았다. 묻지 않으니 구태여 밝히지 않은 것이었다. 노인도 자기 이름을 일러주지 않았다. 마사키 역시 묻지 않았던 것이다. 마사키는 적당한 말을 붙여, 새삼스럽기는 하나 자신의 이름을 밝히고, 넌지시 노인의 함자를 물었다.

노인이 말했다.

"나는 반바야시 미쓰히라*일세."

마사키는 퍼뜩 놀라 노인의 얼굴을 돌아보았다. 노인은 마사키의 깜짝 놀란 얼굴이 사뭇 고소하다는 듯 홍소를 터뜨리더니 말을 이었다.

"덴추구미**지."

마사키는 물론 그 말을 믿지 않았다. 쓸데없는 농담을 어지간히 좋아하는 영감이라고 생각했을 뿐이다. 마사키가 퍼뜩 놀란

---

* 伴林光平, 1813~1864. 막부 말기의 지사, 국학자. 유명한 스승 아래 일찌감치 국학에 눈을 떴으나, 정치에 관여하여 덴추구미에 가담했다가 붙잡혀 참수형을 당했다.
** 天誅組, 1863년 무사계급 출신의 나카야마 다다미쓰(中山忠光)를 중심으로, 존왕양이(尊王攘夷)의 뜻을 관철시키고자 일어선 무리.

것은, 자신이 참수형을 받은 덴추구미의 망령과 함께 여행하고 있다고 생각해서가 아니었다. 노인의 얼굴에서 다시금 광치(狂痴)의 조짐을 느꼈기 때문이었다. 이런 자와 함께 여행을 계속하다가는 분명 큰일을 당하지 싶었다. 우에니시에 도착하면 날이 밝기 전에 일찌감치 혼자 여숙을 빠져나와 어떻게든 이 노인을 따돌리자고 마음을 다잡았다.

마음먹었던 대로, 마사키는 우에니시에서 노인과 갈라설 수 있었다. 그러나 노인과 헤어지게 된 경위는 마사키가 품었던 계획과는 완전히 달랐다. 그것은 정반대의 모양새로 이루어졌다.

노인과 함께 하룻밤을 보낸 우에니시의 여숙에서 마사키가 눈을 뜬 것은, 처마 끝의 그림자가 한참 줄어들도록 해가 높아졌을 때였다. 여숙의 주인여자가 웬일인가 걱정스러워 깨우러 와서야 겨우 눈을 떴던 것이다.

신경쇠약의 도쿄 서생이 오바코 험한 고개를 아무런 장비도 없이 거의 뛰다시피 빠른 걸음으로 넘어왔으니, 정오가 되도록 잠에 빠진 것도 무리는 아니었다. 설상가상으로 어젯밤은, 고야 본사를 순례한다는 패거리가 옆방에 묵으면서 밤늦도록 시조를 읊네 노래를 부르네 흥에 겨워 떠들어대는 바람에, 마사키가 겨우 눈을 붙인 것은 밤도 이울어 새벽녘이 가까울 때였던 것이다.

　주인여자가 흔들어 깨우는 바람에 혼곤한 잠에서 겨우 빠져
나온 마사키는, 늦잠에 빠졌던 자가 곧잘 그러듯이 한동안 접시
처럼 크게 뜬 두 눈을 이리저리 두리번거리다가 갑자기 생각난
듯이 베갯머리에 두었던 회중시계를 후다닥 집어들었다.

　벌써 시계 바늘은 열시를 넘어서고 있었다.

　마사키는 가만히 혀를 차며 옆자리를 보았다. 노인의 모습이
보이지 않았다. 자리도 벌써 개켜져 있고, 짐도 보이지 않았다.

　"저, 나와 같이 묵었던 영감님은?"

　이상한 생각에 마사키가 물었다.

　주인여자는 조금 머뭇거리며 대답했다.

　"그 영감님은 벌써 한참 전에 일찌감치 떠나셨어요."

　"떠나요?"

　"예. 같이 오신 분은 그냥 두고 가시느냐고 한 번 물어는 봤지
만, 그저 길에서 우연히 알게 된 사람이니 괜찮다고 하시길래.
그런데도 여숙비는 두 사람분을 내고 가시데요. 그리고 또……
이 근처 사람들은 믿을 수가 없다느니 어쩌느니 하면서 나가시
니, 나까지 괜히 속이 상하더라구요. ……깨워드릴 걸 그랬나
요?"

"아뇨, 괜찮습니다……"

마사키는 그렇게만 대답했다. 절로 비식 웃음이 솟았다.

'잘됐다. 아무튼 그 노인네와 갈라섰으니. 그건 그렇고, 정말 어처구니가 없군.'

마사키는 멍하니 혼자 앉아, 여우에 홀린다는 말은 이런 경우를 두고 하는 말인가 보다고 생각했다. 그리고 잠옷을 벗다가 문득 다시 생각했다.

'가만있자, 그렇기는 한데, 그저 사람을 홀리기만 해서야 여우에게 무슨 득이 있을까. 게다가 여숙비까지 내주다니……'

이 생각 끝에, 이제까지 상상도 해보지 않던 의심이 퍼뜩 들었다. 들고 다니던 배낭을 집어들어 안에 든 지갑을 확인해보았다. 돈은 그대로였다. 배낭 안에는 지갑과 「즉흥 시인」*이 실린 잡지 『메자마시구사』**최신호와 바이런 경의 『차일드 해럴드

---

* 안데르센(1805~1875)의 소설. 안데르센의 너무도 유명한 수많은 동화에 묻혀 초기 소설인 「즉흥 시인」은 모두에게서 잊혀졌지만 회귀하게도 일본에서만은 오래도록 이 작품이 즐겨 읽혀졌는데, 다름아닌 모리 오가이의 명역에 힘입은 바가 컸다고 한다.
** 일본 근대의 문예지. 1896년 1월부터 1902년 2월까지 전56권이 간행되었다. 모리 오가이 등에 의한 창작 합평, 모리 오가이의 「즉흥 시인」 번역 연재로 널리 알려졌다.

의 순례』*두 권의 책뿐이었다. 물론 그 두 권의 책도 손댄 흔적 없이 그대로였다.

안도감과 함께, 어떻게 된 일인지 갈피를 잡을 수가 없었다. 분명 여우한테 홀렸던 것인가. 아니면 너구리한테. 어느 쪽이 됐건 그렇게 생각하고 접어두는 편이, 덴추구미의 망령과 함께 지냈다고 생각하는 것보다는 훨씬 나았다.

우에니시 여숙을 나서 다시 소롯길을 따라 혼자 걷기 시작한 마사키는, 비로소 바라 마지않던 여행의 위안을 얻은 듯하여 홀가분한 마음이었다.

행선지를 바꿀 생각은 없었다. 기왕에 발길을 돌려 고야 절을 둘러볼까 하는 생각이 잠시 스치기도 했지만, 기껏 여기까지 왔는데 싶어, 마음을 고쳐먹고 그대로 구마노 본사를 향하기로 했다.

하늘은 맑고 온화했다. 산의 녹음은 초록 하나만으로도 갖가지 농담(濃淡)을 빚어내며 뒤섞였고, 산꼭대기에 가까울수록 햇빛을 받아 깨끗이 씻긴 듯 짙푸르렀다. 능선은 저 먼 곳일수

---

* *Childe Harold's Pilgrimage*, 영국 시인 바이런(1788~1824)의 대표작으로, 1809년부터 이 년 동안 스페인 이탈리아 그리스 등을 유람하면서 쓴 작품이다.

록 아득하게 엷어지고, 그 볕 바랜 꼭대기 어디선가 휘파람새의 울음소리가 이따금 휘리리 휘이 들려왔고, 그때마다 정적은 더욱 깊어졌다.

미타야를 지나 미우라에 들어서자, 마사키의 걸음에 조금쯤 여유가 생겼다.

길가에 얌전하게 피어오른 붓꽃이며 연로초(連鷺草), 흰털제비꽃을 구경하며 한껏 눈을 즐기고, 마음을 사로잡는 그 청초한 모습에 절로 발길을 멈추는 일이 잦아졌다. 드문드문 얼굴을 내민 벌깨덩굴을 찾아내고서는, 몇 겹이고 겹쳐진 그 보랏빛 꽃잎 꽃잎에서, 잘려나간 처녀귀신의 손을 느꼈다던 옛사람의 말이 떠올라 밑도끝도없는 몽상에 젖어들기도 했다.

해가 약간 기울 무렵, 이제 고개를 넘어서기도 그리 멀지 않다 싶었다. 마사키는 길가에 솟아난 맑은 물을 움켜쥐어 목을 축이고, 등나무 그늘이 시원한 판판한 바윗돌에 앉아 잠시 발을 쉬었다. 일부러 자리잡고 쉴 만큼 그리 고단한 것은 아니었지만, 물을 입에 머금자마자 그 물이 그대로 스며나오듯 온몸에서 땀이 흐르고, 왠지 그리 서두를 것 없다는 느슨한 마음이 든 것이었다.

한 삼십여 분이나 머물렀을까.

자연의 한복판에 하냥 홀로 있다는 감각이 마사키를 절로 취하게 했다. 우에니시를 나서 이모제 길목까지는, 고야 본사 순례자며 여행길에 오른 행각승들의 발길이 적잖이 왕래하여, 고야 가도라는 이름에 걸맞게 제법 번다하더니, 그 뒤로는 이상하리만치 사람의 발길이 뜸했다. 마사키가 자리를 잡고 앉은 이후, 지나간 사람이라고는 기껏해야 "나란 사람으로 말할 것 같으면" 어쩌고 하며 떠들썩하게 이야기를 늘어놓던 사내와 그 동행, 단 두 사람뿐이었다.

한참 후에야 마사키는 다시 걷기 위해 무거운 몸을 일으켰다. 그 순간, 홀연 얼굴을 스치는 것이 있었다. 황금가루에 빨간 꽃을 조그맣게 피워올린, 어디선가 본 듯한 제비나비였다. 나비는 팔랑팔랑 두세 번 날갯짓을 하더니, 떨어지는 나뭇잎처럼 흔들흔들 사라지려 했다. 마사키의 눈은 저도 모르게 나비의 뒤를 쫓았다. 물론 열차 안에서 본 그 나비라고 생각한 것은 아니었다. 그저 얼핏 눈을 스친 그 흔하지 않은 빨간 점이, 노인이 손 안에 잡았다 놓아준 그 나비와 너무도 꼭 닮아서, 어라, 하고 마음이 쏠렸던 것이다.

처음에는 단지 그뿐이었다. 그러나 한낮의 가도에서 춤추는 나비의 자태는 이내 마사키의 마음을 온통 사로잡았다. 우에니시 여숙의 여주인 말로는, 오늘 해 안에 구마노 본사에 충분히 들어설 수 있을 거라고 했지만, 시간을 다퉈가며 하는 여행도 아니었다. 이틀 걸리든 사흘 걸리든 상관없었다. 그리 서두르지 않아도, 가미유 온천 근처까지만 가면, 아니 그보다 더 가까운 니시나카나 다마카이토에도, 여숙 한두 곳은 있을 터였다. 다행히 여비도 아직 두둑했다. 그렇다면…… 하는 생각이 이어지고, 그저 흥이 돋는 대로 장난기가 이는 대로 뒤를 쫓아가며, 보면 볼수록 그 견줄 데 없는 아름다움에 홀려, 게다가 사람을 유혹하는 듯 어딘가 새침한 분위기가 잊고 있었던 양산의 여인과 겹쳐져서, 한 걸음 두 걸음 자기도 모르게 그 뒤를 쫓아, 산길을 벗어나고 덤불 숲을 지나, 마사키는 어느새 숲의 깊은 곳을 헤매고 있었다.

　―이것이 마지막 인연이었다.

*

 ……저무는 해를 바라보던 눈길을 천천히 돌리며, 마사키는 무턱대고 길 쪽이라고 짐작되는 곳을 향해 걷기 시작했다.

 어떻게 이곳까지 오게 되었는지, 아무래도 왔던 길을 되짚을 수가 없었다. 팔 여기저기에 긁힌 상채기가 있는 걸 보면 무섭게 험한 길을 지나쳐온 모양인데, 이곳까지 오는 동안의 풍경이 한 장면도 떠오르지 않는 것은 어째서일까. 길은 경사가 심해 발 딛기도 힘들었다. 그런 길을, 돌멩이며 나무뿌리에 채여 나뒹군 일 한 번 없이, 나비의 모습만 쫓으며 여기까지 올 수 있었다는 것이 신기하기만 했다.

이제, 나비의 모습은 사라졌다.

마사키는 주위를 둘러보며 한숨을 내쉬었다.

큰길을 따라 걸으며 보았던 풍경은 흔적조차 없다. 주위에 틈새 하나 없이 빽빽이 들어찬 물참나무는, 둥치에 이끼를 잔뜩 뒤집어쓰거나 넝쿨에 휘감겨 있었다. 금수가 할퀸 기묘한 굴곡이 줄기에 그대로 드러나 있는 나무도 있었다. 나뭇가지 끝에, 저녁놀을 받아 붉고 검은 벌레처럼, 꽃들이 줄줄이 달려 있다. 이따금 소슬바람이 불면 그 꽃들은 흔들리는 잔가지와 함께 가만히 몸을 흔든다.

밤이 서서히 들어차기 시작했다. 산속에서는, 어둠은 바닥으로 바닥으로 첩첩이 쌓여 올라온다. 어느 틈엔가 복사뼈를 덮고 무릎을 덮고 문득 가슴팍까지 차오른 것을 깨닫는다. 어둠의 물결은 거기에서 멈추지 않는다. 얼굴을 삼키고, 머리 위로 아득하게 몇 겹이고 차곡차곡 차올라 산을 마시고, 지는 저녁놀을 마시고, 이윽고 하늘까지 마신다. 죽은 물고기가 깊은 바다 밑에서 수면을 아득히 올려다보듯이, 그 작은 비늘들이 이제 달빛을 받아 빛나지 못하듯이, 그렇게 이 세계도 어둠과 함께 깊은 나락으로 나락으로……

발걸음을 옮길 때마다, 몇십 년인지 모르게 땅을 덮어온 부엽

토가, 미묘하게 녹아드는 습하고 시큼한 냄새와 함께 허망하게 도 저항해보려는 탄력이 느껴진다. 그것은 꼭 죽은 살덩어리를 발로 밟는 듯한 불쾌한 착각을 불러일으켰다. 바닥의 기복이 심해 어디에 발을 둘지 모르고 허둥대다가 내려놓은 발에 자기도 모르게 힘이 들어갈 때마다, 썩을 대로 썩은 나뭇가지가 마사키의 발아래에서 유린당하는 뼈다귀처럼 비명을 내질렀다.

머리 위에서는 휘파람새 지저귀는 소리에 섞여 이따금 두견새가 울어댄다. 그 소리가 왠지 가슴 저리게 애절하다. 애절하리만치 맑디맑다.

걸음을 앞으로 옮기면서, 다시 한번 큰길에서 여기까지 이른 산길의 기억을 더듬었다. 드문드문 단편적인 풍경이 떠오르는 것 같기도 했다. 그러나 길의 순서를 확인할 정도는 되지 못했다. 나비를 쫓던 발길을 돌린 이후, 눈에 드는 풍경이란 풍경이 모두 기억과 전혀 연결되지 않는다. 한 번 지났던 곳이라면, 그 풍경에서 눈에 들었던 조그만 표식이 몽롱한 기억의 그물을 조종하여 그다음 시선에 닿을 풍경을 예고해줄 터였다. 그런데 그런 것이 전혀 없었다. 차례차례 나타나는 나무의 생김새며 풀덤불이, 하나같이 생전 처음 보는 것뿐이라는 느낌이었다. 마사키는 무작정 앞으로 걸음을 옮기면서, 다카다에서 구즈를 그냥 지나쳐버리고 후다미까지 왔던 일을 떠올렸다. 그때도 지금과 똑같았다. 마치 시간의 흐름에서 튕겨져나와버린 듯한 느낌. 기차 안에 잘못 날아든 나비가 기차의 이 칸 저 칸으로 얼마 안 되는 거리를 날아다니는 사이에 하나둘 정차역을 지나쳐버리고, 문득 정신을 차려보니 생전 처음 보는 땅에 떨어졌다는 느낌.

그 순간, 갑자기 불길한 생각이 마사키를 휘감았다.

'그날, 신바시 역에서 우연히 보았던 양산 쓴 여인의 모자에 하얀 리본이 둘러져 있었던가? 아아, 그렇다, 역시 그래. 지금까지 그 이야기는 까맣게 잊고 있었는데. 그렇지, 예전에 어떤 책에선가 분명히 읽은 적이 있어. 아일랜드 전설이었지. 하얀 리본을 두른 모자의 여인을 만났다가 여섯 달 뒤에 죽었다는 사내의 이야기……'

그런 생각과 함께 마사키의 뇌리에 여인의 얼굴이 문득 되살아났다. 그리고 허공에서 춤추는 제비나비와, 그것을 놓아주던 노인의 손바닥이 보였다. 여인의 눈동자가 깜빡이면, 나비의 날개가 춤추며 빨간 무늬를 슬쩍 감추고, 이어서 노인의 손바닥이 나비를 잡아 그 안에 가둔다. 세 개의 영상이 서로 엉키고, 그 위에 다시금 신바시 역이 스쳐지났다. 삼등 열차가 스쳐지나고, 소롯길이, 우에니시가, 미우라 고갯마루가, 제각기 얼핏얼핏 스쳐 지나간다. 마사키는 비로소 이런 인연들을 서로 연결지어 생각했다.

엄습해오는 불안을 떨쳐버리기라도 하듯 거친 말투로 혼잣말을 내뱉었다.

"무슨 바보 같은! 그따위 미신이 뭐 어쨌다고! 다른 건 몰라도 그 여인을 본 지 여섯 달은커녕 아직 일주일도 안 됐지 않은가. 그리고 지금 내가 있는 곳은 나라 지방의 산속이야. 아일랜드와 무슨 관계가 있단 말인가. 내가 아무래도 제정신이 아닌 게지."

그러나 이런 자조도 마사키를 위로해주지 못했다.

……앞을 바라보니, 밤이 좀더 무거워진 것 같았다. 발밑은 허랑하기만 하다. 튀어나온 나무뿌리에 채여 나무둥치를 덜퍽 짚었다. 손바닥 아래에서 벌레가 짓이겨지는 소리가 났다. 허둥지둥 손을 떼고 보니, 황록색 액즙이 손바닥에 얼룩져 있었다.

'그래, 여자를 본 건 바로 요 며칠 전이고, 게다가 여긴 아일랜드하고는 전혀 아무 관계도 없는 곳이지.'

마사키는 얼굴을 쳐들고 생각에 잠겼다. 생각은 절로 꼬리에 꼬리를 물고 이어졌다.

'하지만 시간도 장소도 지금의 내게는 참으로 막연한 개념 아닌가.'

─그때였다. 저만치 앞에, 어둠 속에서 꽈리열매처럼 붉은 점 두 개가 빛나는 것이 보였다.

'저건…… 그 나비?'

가까이 다가가려고 오른발을 내디딘 순간, 그 번쩍이는 것이 번개처럼 달려들었다.

잽싸게, 마치 활에서 놓여난 화살처럼.

"아앗!"

마비와도 같은 격통이 정강이를 뜨겁게 달군다. 심장의 고동은 빨라지고 등줄기에 식은땀이 주르르 흐른다.

눈앞이 한순간 대낮처럼 번쩍였다. 아픔의 원천에 요요하게 밝혀진 두 개의 붉은 빛. 아무리 발길질을 해도 그 형형한 번득임은 없어지지 않는다. 오른발을 흔들었다. 또 흔들었다. 온전한 왼발로 수없이 발길질을 했다. 온몸에 솟은 땀이 금세 훈기가 되어 날아간다. 몸의 온기란 온기가 정수리를 통해 일시에 새어나간다. 신음을 올리며 오른발을 크게 흔들자, 퍼뜩 발밑이 컴컴해지며 정강이를 뜨겁게 달구던 열기가 갑자기 얼음조각을 갖다 댄 듯 일시에 사라졌다.

차갑고 건조한 비늘이 복사뼈를 쓰윽 쓰다듬으며 지나갔다.

현기증이 일었다. 마사키는 무릎을 꺾고 땅에 주저앉았다. 숨이 차다. 심장의 고동이 둥둥 울린다. 떨리는 손을 정강이에 뻗으니, 손 끝에 끈적한 핏물이 미끌미끌 묻어난다.

피가 줄줄이 흘러내렸다.

'내가 죽는 건가.'

상처를 덮어 누른 손에 꾸욱 힘을 주어 피를 짜냈다. 그리고 남은 한 손으로 서둘러 가방을 뒤적여 수건을 찾아 상처를 묶었다. 눈앞이 흐려져왔다. 마사키는 그대로 의식을 잃어갔다……

고요하고 적막한 침묵 속에서 이따금 두견새 울음소리만 낭랑하게 울렸다.

밤은 아직도 넉넉하게 남은 제 그림자를 천천히 기지개라도 켜듯 야금야금 늘리고 있었다. 자줏빛 섞인 짙은 남색 하늘에 달은 없었다.

왕선악 산속에 쓰러져 누운 청년의 모습 하나. ……그리고 그 곁에 다가와 우뚝 선 다른 이의 그림자 하나, 희미하다.

*

……눈을 뜨자, 어딘지 모르는 방 안에 누워 있었다. 저만치에서 앵앵거리는 소리만 내다가 슬며시 다가들어 살 위에 내려앉는 모기처럼, 잠시 돌아왔던 의식은 깜빡거리며 다시 어디론가 금세 사라져버릴 듯 왱왱거린다.

'대체 여기는……'

방 안이라는 것은 알겠다. 그러나 불이 밝혀져 있지 않아 방 안 모습을 살필 수는 없다. 짙은 어둠이 주위의 농담(濃淡)을 완전히 삼켜버려, 눈을 감고 눈꺼풀 안쪽을 응시하는 편이 오히려 훤하게 느껴질 정도이다.

몸을 일으키려 하자, 갑자기 심한 두통이 몰려왔다. 별수 없이 고개만 조금 들고 주위를 살폈다. 점차 어둠에 익숙해지면서, 방 안의 물건들이 그림자처럼 어렴풋이 눈에 들어왔다.

다다미 네 첩 반 정도일까, 마사키는 대충 어림해보았다. 항상 들고 다니던 가방이 베갯머리에 놓여 있는 것을 깨달았다. 손을 뻗으니, 가방 아래쪽에 묻은 흙먼지가 만져진다.

'아, 그렇지, 그때 산속에서 정신을 잃고…… 그리고……그리고는…… 아, 모르겠다. 아무튼 이렇게 누워 있는 걸 보면,

누군가 나를 구해준 모양이야.'

얼마나 지났을까. 짚신이 땅에 끌리는 소리가 들려왔다.

느린 걸음걸이다. 이윽고 발소리가 멈추고 조용히 문이 열린다. 방 안에 불이 밝혀졌다.

"정신이 드셨소?"

곁에 다가와 촛불을 쳐들어 마사키의 얼굴을 살펴보는 이는 환갑이 가까워 보이는 노승이었다.

"……예. 여기는 어디입니까?"

"선비가 헤매던 왕선악 산중이오. 독사에게, 분명 살모사였을 것이오만, 그것에게 물려 쓰러져 있는 것을 내가 절까지 업어왔소이다."

"그랬군요. 살모사…… 아, 뭐라고 감사의 말씀을 드려야 할지……"

무리하게 일어서려는 마사키를 만류하며 노승이 말했다.

"물린 자욱이 크게 벌어져 피를 상당히 흘렸소. 개 따위에게 물렸을 때도 자칫 당황해서 손을 댔다가 곧잘 그렇게 되곤 하오만. 그러나 덕분에 독이 흘러나와서 되레 잘 되었는지도 모르겠소이다. 살모사라는 짐승이 그리 얕잡아볼 것은 아니니. 선비는 운이 좋았소이다."

"그렇습니까……"

마사키는 조금 틈을 두었다가 말을 이었다.

"이곳은 구마노 본사에서 먼 곳인지요? 그곳을 향하던 길이었습니다만."

"구마노 본절이라, 본절이라면 한참 더 남쪽이지요. 소롯길을 거쳐서?"

"예."

"그렇다면 아마 미우라 고개에서부터 길을 잘못 들어 도초로 건너가는 쪽으로 발을 들인 모양이시구려. 그대로 가면 오타니로 나갔을 터."

"네, 그래선지 그 주변부터 사람 발길이 뚝 끊겼지요. ……그렇군요, 길을 잘못 들었군요."

마사키는 문득 나비의 뒤를 쫓던 자신의 모습이 떠올라, 탄식이라고나 할 쓸쓸한 웃음을 금할 수 없었다.

"독 때문인지 상당히 신음을 합디다. 나쁜 꿈을 꾸는 듯하였소만."

"나쁜 꿈…… 꿈이라면 오늘까지의 일 전부가 꿈같이만 여겨집니다. ……그 여인도, 그 영감님도, 그 나비도……"

마사키의 힘없는 한숨 소리에, 노승은 처음으로 얼굴이 누그러지며 물었다.

"오늘까지의 일이라면?"

"예, 그렇습니다. 요 사나흘간 묘한 일이 계속되었지요."

"호오, 그렇다면 그것이 죄 꿈일지도 모르겠구려."

"예?"

"서생은 사흘 낮밤을 여기서 이렇게 줄곧 누워 있었으니 말이오."

"사흘이나? ……그렇군요, 그래서 이리 허기가 지는 것이로군요."

마사키는 다시 한숨 쉬듯 웃었다.

뜰을 지나 문풍지를 울리며 스며든 한줄기 밤바람이 슬며시 뺨을 어루만졌다. 기분이 한결 나아져 그대로 눈을 감았다.

"한동안 더 누워 있는 것이 좋을 것이외다. 이런 산중이고 보니 변변한 것은 없지만, 오늘밤쯤이면 깨어날 성싶어 죽을 끓여두었소이다. 상을 가져올 터이니, 그대로 누워 기다리시구려."

노승이 방을 나섰다. 멀어져가는 노승의 발걸음 소리에, 마사키는 조용히 귀기울였다.

밤은 이상할 정도로 안온하다.

'어쩌면 지금 이 순간도, 아직 깨어나지 않고 이어지는 꿈은 아닐까?'

노승이 나가면서 열어둔 창을 통해, 가는 붓으로 단숨에 그린 듯한 눈썹 달이 방 안을 들여다보고 있다. 그 희미한 빛을 받아 마사키의 눈동자는 수생동물의 알처럼 섬세하고 투명한 아름다움으로 반짝였다. 그 반짝임 위를, 그의 속눈썹이 쉬임없이 다가왔다가 물러난다. 반짝이는 그 눈동자가 탁해지도록 놓아두지 않겠다는 듯이. 마치 모래사장을 씻는 잔 파도처럼. 초췌해진 마사키의 얼굴에서 그 두 눈만이 예전의 아름다운 용모를 그대로 담고 있었다.

마사키는 미목 수려한 청년이었다. 그러나 그 아름다움은 어딘가 묘한 아름다움이었다. 이를테면 회화나 조각 등의 예술에서 악마며 아수라라 하는 유들이 특별히 아름답게 표현되는 일이 있다. 신이나 제석천*같은 숭고한 존재에 대항하고 있는 힘에 의해 본래의 추함과 더러움이 깨끗이 씻겨나가고, 출중하게 매력 넘치는 모습을 온몸에 휘감고 나타나는 것이다. —마사키의 아름다움은, 그런 아름다움이었다.

---

* 帝釋天, 범천(梵天)과 더불어 불법의 수호신. 12천의 하나로 동방을 지킴.

대체로 마사키가 가진 악에 대한 견해는 평범한 것이었다. 모든 평범한 이들이 다 그렇듯이, 악을 행하는 자에게 복잡한 사변없이 부정의 시선을 던질 뿐이다. 그런데 그런 그의 용모에, 왜 악마나 아수라에게나 비할 만한 묘한 느낌이 담기는가. 그것은 그의 뇌리에 항상 이글거리는 '정열'이 있었기 때문일 터였다.

이 '정열'이라는 말은, 그가 이백(李白)의 시에서 빌려온 것이었다. 마사키는 시를 공부하며 몇몇 잡지에 시와 시론을 기고해 왔다. 그의 시는 대단히 참신했다. 세상에 넘치는 낭만주의 시인들에게, 마사키는 그들의 선두를 달리는 이로서 열렬한 환영을 받고 있었다. 특히 바이런 경에 대해 논하면서 그가 사용한 이 '정열'이라는 말에 사람들은 몸이 떨리는 듯한 신선한 공감을 느꼈다고 토로했고, 이후 마사키를 평할 때면 반드시 이말이 따라다니곤 했다.

마사키는 이미 오래전부터 이 '정열'의 감각을 지니고 있었다. 그것은 그의 숙명적인 병과도 같은 것이었다. 그 병은, '참으로 살아 있다'는 감각을 위해서는, 천천히 나날을 쌓아가며 그 끝에 무언가 얻기를 기대하는 것이 아니라, 무언가 순간적 초월, 지속적이지 않은 단 하나의 순수한 앙양(昻揚), 일격에 생의 모든 것을 때려부수고 뒤 한번 안 돌아볼 치열한 충동의 체험을 갈구했다. 피는, 끓는 물처럼 소용돌이치지 않으면 금세 괴어 색이 변하고 응고하고 만다. 육신은, 고통스럽도록 거세게 움직이지 않으면 곧 뜨뜻미지근한 권태의 나락에 가라앉는다.

'정열'은 뜨겁게 녹아 황금빛으로 반짝이는 한 덩이 유리이다. 그것을 생활에 쓰고자 한다면, 거기에 세상의 범용한 형태를 부여하고, 만만하게 손으로 만질 수 있도록 식히지 않으면 안 된다. 그렇게 식어버린 유리에 남겨진 빛은 가냘프기 짝이 없다. 이윽고 그 빛마저도 잃고 손때에 흐릿해져가서 마침내는 일상의 너무도 무의미한 순간에 뜻하지 않게 깨어져 산산조각이 나버리는 것이다.

마사키는 그것을 받아들일 수 없었다. 그렇다고 어떤 형태로 자신의 정열을 성취해야 할지도 알 수 없었다. 각오는 되어 있었다. 그러나 열정을 따르기에는, 마사키는 지나치게 지적이었다.

'정열'이 행동에 연결되려는 순간, 마사키는 그때마다 내밀었던 손을 다시 거두어들이고 한 걸음 물러서서, 바로 지금 자신이 만지려 한 곳을 바라보고 만다. 그리고 궁리하는 것이다. 참으로 만져볼 가치가 있는 것인지, 만진 뒤의 일은 어떨지, 만지지 않았을 경우엔 어떨지. 그러는 동안에 '정열'은 시시각각 식어간다. 형태를 이루지 못한 채 식어가는 것이다. 차라리 사라져버린다면 좋았으리라. 그러나 허망하게도 '정열'이 있던 그 자리에는 반드시 둔중하기 짝이 없는 추괴한 덩어리가 남고 마는 것이었다.

마사키는 그것을 참을 수 없었다. 그 둔중한 무게를 견딜 수 없었다.

조숙했던 마사키는 한때 민권운동에 참여하여 몇몇 구 자유당 당원들과 사귀고 행동을 함께하고자 했었다. 몸속에 남겨진 '정열'의 잔재를 어떻게든 스스로 불사르려던 그는, 마침 주위에 있던 정치적 행동에 의탁하여 그것을 이루어보고자 했다. 그저 그 이유뿐이었다. 그러나 결국 거기에서도 그는 자신의 정열이 손도 대지 못한 채 식어가는 모습을 초조한 마음으로 바라보는 수밖에 없었다. 의사(義士)라는 떼거리의 어리석음을 마음 깊은 곳에서부터 모멸하면서, 고도 조지로(後藤象二郞)의 입각에 의해 대동단결운동이 파탄으로 끝나고 마는 것을, 자기 자신을 조소하듯이 냉랭하게 비웃으며.

마사키의 생은, 그것의 끊임없는 반복이었다. 동양의 쇠운을 회복해야 한다는 대정치가라 하는 자들과 뜻을 같이한 일도 있었다. 빅토르 위고처럼 붓의 힘을 빌려 정치적 사상적 문제를 지배하겠다는 소설가라 하는 자들과 뜻을 같이한 적도 있었다. 사상가라 하는 자들과도 어울렸다. 자본가라 하는 자들과도 어울렸다. 그러나 그는 끝내 그 어디에도 융합하지 못하고, 이윽고 시인이라는 이름을 빌려 세상에 발붙이려 하는 참이었다.

　마사키는 자신의 '정열' 을 시 창작에 송두리째 들이부었다. 그의 속필(速筆)은 동료 문인들에게는 놀라움의 대상이었다. 마음가는 대로 붓이 따른다는 표현 그대로의 시 창작이었다. 그의 속필은 한눈에 알 수 있는 것이어서, 그러한 창작행위를 비난하는 이들도 있었다. 작품의 완성도보다 시 창작이라는 행위 자체에만 무게를 두려 한다는 지적이었다. 그것은 정곡을 꿰뚫는 지적이었으리라. 그러나 마사키의 재능을 의심하는 사람은 아무도 없었다. 속필로 인해 작품의 질이 떨어지는 법이 없었기 때문이었다. 마사키의 서정시에는 몇몇 저속한 낭만파 시인의 시에 보이는 음울한 감상이나 원망을 절절히 늘어놓는 구절 따위는 보이지 않았다. 그의 표현은 강렬하고 간결하며, 행간에는 말로 다하지 못한 섬세한 감정의 떨림이 맑은 물처럼 번지고 있었다.

　마사키는 시인이라는 사실에 스스로 만족했을까. 그런 것만도 아니었다. 아니, 차라리 불만을 품고 있었다.

　이따금 마음에 차지 않는 작품도 있었지만, 마사키는 자신의 작품에 대해서는 대체로 만족하고 있었다. 시단의 평판도 나쁘지 않았다. '정열'이 창작행위를 통해 적절히 발산되고 있다는 느낌도 있었다. 그럼에도 가장 시흥이 높고 가장 다작일 때조차도 마사키는 극심한 신경쇠약에 빠지곤 했다. 마사키로서도 이해할 수 없는 일이었다.

　마사키의 불행은, 창작과 생활 사이에 존재하는 근본적인 모순을 의식할 수 없다는 데 있었다. 마사키는 '정열'이 민권운동에 쏟아지건 창작에 쏟아지건 똑같이 성취될 수 있으리라는 막연하기 짝이 없는 기대를 품고 있었다. 나날의 창작은 연속하지 않는 한 개의 양양의 집합이며, 그 각각이 새로운 체험이라고 생각하고 있었던 것이다. 사실 그런 감각은 있었다. 그러나 시 창작에 따르는 내면으로의 침잠이, 알지 못하는 사이에 마사키를 생활로부터 격리시켜버렸다. 문득 정신을 차리면, 세계가 아주 멀리 떨어져 있는 듯한 느낌이었다. 마사키는 그 과정을 이해할 수 없었다. 이해할 수는 없지만, 감각으로는 느끼지 않을 수 없었다. 그래서 여행을 하는 것이었다. 여행을 통해 육체의 고통을 확인하는 것이었다.

신경쇠약이 점점 심해지면, 마사키의 얼굴은 왼편이 조금씩 비틀려져갔다. 그리고 평생 따라다니는, 목줄기 부근을 움찔거리는 버릇이 불쑥불쑥 불거져나왔다. 많은 사람들이 그의 용모에서 무언가 범상치 않은 느낌을 받는 것은 어쩌면 이 때문인지도 몰랐다.

머리맡에 밥상이 놓였다. 마사키는 자기 힘으로 일어서고자 몸을 들었다. 팔꿈치를 짚으며 몸을 조금 일으켰는가 싶었는데, 위에서 잡아당기던 끈이 뚝 끊겨버리듯 베개에 머리를 떨구었다.

노승은 마사키의 이마에 손을 짚으며 열을 확인했다.

"아직 열이 있는 듯하오만, 조금 먹어두는 것이 좋을 게요."

노승이 내미는 손에 의지해 밥상 앞에 앉으며, 마사키는 가벼운 현기증에 휘말렸다.

"식기 전에 어서."

흰죽과 단무지 몇 쪽. 젓가락을 들고 죽에 손을 대려던 마사키는 멈칫 그릇을 내려놓았다. 그리고 잠깐 망설인 끝에 새삼 머리를 숙였다.

"구해주신 것만도 고마운데, 이렇게 요기까지……"

노승은 그 말에는 대답하지 않고, 그저 어서 들라고만 하였다. 마사키는 이때 처음으로 노승의 모습을 정면으로 바라보았다. 푸석하게 마른 얼굴은 담백한 성품을 느끼게 하고, 촛불 그림자에 드러나는 수많은 주름살이 거기에 깊이를 더해주고 있었다. 그러나 조악한 공양으로 수행에 정진하는 탓인지, 수염 없는 얼굴에 거의 부자연스러울 정도로 나이가 들어 보였다. 몸에 걸친 것이라고는 거친 홑옷 한 벌뿐이었다.

마사키는 눈길을 떨구고 젓가락을 집으려다 다시 한번 주저했다. 그 모습을 지켜보던 노승이 부드럽게 웃으며 말했다.

"괜찮소. 식전 예절이야 좋을 대로 하시오."

마사키도 그 말에 웃음을 보이며 어설프게나마 합장을 하고는 단무지 한 조각을 소리내어 씹었다.

*

"꽤 부대끼시는 게로군."

식사를 마치고 차를 마시던 마사키가 갑자기 얼굴색이 변하며 그릇을 내려놓자, 노승이 말했다.

"예, 어째 급작스레……"

"무리도 아니지요. 눈으로 얼핏 보기에도 상처가 단단히 심한 것 같습니다. 한동안 여기서 요양하지 않으면 제대로 걸을 수도 없으리다."

"한동안이라구요? 어느 정도나 걸리겠습니까?"

"으음, 무어라 단정할 수 없으나 한 달 정도 걸릴까……"

"한 달……"

"급한 걸음이신가?"

"아닙니다. 처음부터 딱히 목적이 있어 떠난 여행이 아니었으니. 그러나 너무 오래 머물러서는 폐가 될까 합니다만."

"……그건 그리 마음쓰지 마시오."

노승은 그렇게 대답했다. 마사키는 잠시 사이를 두고 나온 노승의 대답에서 무언가 다른 느낌이 살펴졌다.

"이곳에 오래 머물 수는 없고, 회복되는 대로 산을 내려가 여행을 계속하고자 합니다. 수행하시는 데 방해가 되어서는 송구스러우니."

노승은 말없이 그저 약간 머리를 위아래로 끄덕였다……

상을 물리고 난 노승이 다시 방에 들어왔다. 노승은 자리에서 일어서려는 마사키를 그냥 눕게 하고 말했다.

"아직 통성명을 하지 못했소이다. 소승은 법명을 엔유(圓祐)라 하오."

마사키는 창백한 얼굴을 붉게 물들이며 대답했다.

"아, 깜빡 큰 결례를 했습니다. 제가 먼저 제 성명자를 밝혔어야 옳았을 터인데 송구스럽습니다. 늦었습니다만, 저는 이하라 마사키(井原眞拆)라 합니다."

"마사키라……"

"예, 능악(能樂) 〈정가(定家)〉의 주인공 가즈라(葛)의 자(字)가 마사키이지요. ……부친께서 능악을 좋아하셔서, 곤바루센치*의 능악에서 따왔다 합니다. 그쪽에서 보자면, 무슨 염치없는 이름인가 할 것입니다만."

"흐음, 그렇겠구려."

"저는 도쿄에서 대학에 다니면서 시를 쓰고 있습니다. 사람들은 모두 이 마사키라는 이름을 필명이라 믿고 있어서, 분명 건방진 작자라고 생각하겠지요. 물론 본명입니다만."

"시를 쓰신다구?"

---

* 金春禪竹, 1405~1470. 무로마치(室町) 중기 일본 능악의 배우이자 작가. 능악의 노랫말과 불교를 조화시켜 철학적, 이론적 능악론을 기술했다.

"예."

─ 그때 무심코 시선을 든 마사키는, 눈썹 아래 반은 감겨 있던 노승의 눈에서 희미한 떨림을 본 듯하여 절로 입을 다물었다. 마사키는 말머리를 돌렸다.

"그런데 이런 깊은 산중에 절이 있으리라고는 생각지 못했습니다. 뜻밖입니다. 특히 이 부근은⋯⋯"

"예, 부근에 절은 이곳 하나뿐이지요. 여기도 원래는 숯 굽던 곳으로, 절이라 할 만한 곳도 못 됩니다만. 그래서 절 이름도 없지요."

노승은 조용히 대답했다.

엔유라 불리는 노승은, 원래는 도쓰카와 난코 산의 조동종 흥성사파의 옥림사에서 선승들을 가르치던 강사승(講師僧)이었다. 벌써 스물다섯 해 전의 옛일이라 했다. 자는 쇼잔(松山), 속명은 치바(千葉)라 했다. 이름 높은 큰절의 강사 스님이 지금은 인적조차 드문 깊은 산중의 암자에 거처하게 된 데는 사정이 있었다.

시대의 추세에 휩쓸렸다고나 할까.

엔유가 옥림사에 있던, 막부(幕府) 말엽에서 메이지 초기에 이르는 시절은 일본 불교계가 미증유의 위기에 처한 시대였다.

말할 것도 없이, 1865년 게이오 4년의 신불분리령(神佛分離 令)에 의거한 폐불훼석*이 곧 그것이었다.

이 운동이 얼마나 격심했었는가를 일러주는 당시 사건들은 일일이 열거하기도 힘들 지경이다. 홍복사의 오층탑이 삼층탑 과 함께 경매에 부쳐져 25엔에 낙찰되었고, 불경 사본 한 무더 기가 고물상 가겟전에 널려 5엔에 팔리고, 도난당한 천체불(千 體佛)이 공중 목욕탕의 땔감으로 쓰였다던가 하는 얘기들이 다. 불당에 불을 지르고 불상을 때려부순 난동도 드문 일이 아 니었다.

그러나 전국을 통틀어서도 이곳 도쓰카와처럼 폐불훼석의 피해를 혹독하게 입은 지역도 드물었다. 이는 그리 이상한 일은 아니었다. 이 지역의 역사를 따져보면, 오히려 그 이전에 조동 (曹洞), 임제(臨濟), 양선(兩禪)을 비롯한 수많은 절과 불당이 자리잡고 있었다는 사실이 도리어 놀랄 만한 일이다.

도쓰카와 지역의 폐불훼석은, 1867년 메이지 원년에 향민들 의 다마키 산(玉置山) 복고 청원이 허용되면서 시작된다. 당시 불사 집행부인 성호원의 지배하에 있던 다마키 산은 별당의 전

---

*廢佛毁釋, 1868년에 내려진 중앙부의 신불분리령에 따라, 불교를 폐지하고 일본 고유의 신도에 귀의하게 한 강제 개종 정책.

횡에 의해 이미 향민과는 격절될 대로 격절된 상태였다. 청원에 대한 허용이 떨어지자마자 향민들은 당장에 폐불을 단행하여 그 지역에서 완전히 불교색을 일소하고, 다시금 메이지 6년에는 군 내 오십여 개에 이르던 사원을 모조리 폐지하였다. 오노가와 부근의 옥림사도 그중의 한 곳이었다.

이 무렵에 이르러서는 환속한 자도 적지 않았다. 외부에서의 발탁 유혹도 있었다. 그러나 당시 막 득도(得道)의 인가를 받은 엔유가 이런 유혹을 모두 물리친 것은 당연한 일이었다. 엔유는 갈 곳도 알리지 않은 채 절을 버리고 홀로 표연히 행각에 나섰다.

─거기까지의 경위는 알 만했다. 그러나 그 뒤로 이어지는 엔유의 행각을 더듬는 것은 불가능했다. 그가 속세의 걸인과 조금도 다를 바 없는 행색으로 행각을 이어갔기 때문이었고, 승려에 대한 냉담함이 만연했던 때에 누구도 그의 족적을 더듬어주지 않았던 탓이었다. 그러나 그로부터 이 년이 지난 후, 엔유는 훌쩍 도쓰카와 땅으로 돌아왔다. 그리고 우연히 들른 어느 온천 여숙에서 무슨 일인가를 겪고 활연대오(豁然大悟), 이제까지 득도라 믿어왔던 바가 기껏 나한의 경계에 지나지 않는다는 깨달음을 얻었다. 지금으로부터 이십이 년 전, 그가 서른여덟 되

던 때의 일이었다. 엔유는 그 즉시 부엌 아궁이 불에 인가장을 밀어넣었다. 이때를 경계로 그는 행각을 중지하고 이 왕선악 산 속 깊은 곳에 들어앉았던 것이다.

이 이야기에는 몇 가지 석연치 않은 점이 있었다. 그것은 엔유가 산속 숯불막 터에 자리잡으려 하자 몇몇 마을 유지들이 허술하기는 하나 한쪽에 선방까지 지어주었다는 것이었다. 그들은 모두 폐불훼석에 참가했던 사람들이니, 이 일은 대단히 기묘하다고 할 의외의 사건이었다. 엔유는 그들의 호의를 거절하지 않았다. 마사키가 지금 누워 있는 곳이 그 숯불막 터였고, 아까부터 엔유가 왕래하던 곳이 바로 그때 세워졌다는 선방이었다.

마사키는 이런 자세한 경위는 알지 못했다. 그저 호량친왕(護良親王) 남정승(楠正勝)과 인연 깊은 땅이라는 것과, 도쓰카와 향사(鄕士)들을 떠올리며 그곳이 바로 이 근방이려니 짐작이나 해보았을 따름이었다. 사실, 마을 사람들 대부분은 이미 불도를 버리고 신도(神道)에 귀의하였다.

얼마 후에 엔유가 말했다.

"그럼 오늘은 이만하고, 다음 이야기는 후일 다시 하기로 하지요. 선비도 이제 겨우 자리보전을 면한 참이니, 몸을 소중히 하는 것이 좋을 게요."

마사키는 자신의 요설이 부끄러워 가만히 고개를 한 번 끄덕였다.

무심히 노승의 등뒤에 시선을 던지니, 촛불에 비친 그림자가 벽면에 어렴풋이 흔들리고 있었다.

"소승은 이만 물러가오. 한숨 눈을 붙이시구려."

엔유는 조용히 문을 열고 토방에 내려섰다.

들이치는 바람에 몸을 뒤흔들던 촛불 빛이 일순 치열하게 타오르다 누군가의 손안에 감춰지듯 훅 꺼졌다.

어둠이 마사키를 감싸안았다. 미미하게 떨리는 어둠의 가느다란 손가락이 마사키의 야윈 턱선을 더듬었다. 마사키의 입에서 우울한 한숨이 흘러나왔다.

약손가락으로 입술에 연지를 바르는 여인처럼, 어둠이 그의 마른 입술 위를 조심스레 더듬었다. 혀끝이 살짝 느껴졌다.

*

    사나흘이 지나면서 마사키는 엔유의 손을 빌리지 않아도 그럭저럭 혼자서 일어설 수 있게 되었다.

    회복은 빨랐다. 다리에 여전히 먹먹한 통증이 남아 있었지만, 상처 자리가 화농하는 일 없이 꾸덕꾸덕 아물고 지팡이에 의지하면 걸을 수도 있었다.

    마사키가 거처하는 요사채 곁으로 측간과 선방이 ㄷ자형으로 서쪽을 향하여 이어져 있다. 암자 앞에 세 평 가량의 뜰이 있고, 뜰 앞으로는 가파르게 깎아지른 벼랑이었다. 뜰 어디에도 외딴 산사에 어울릴 만한 고담스런 풍취는 없었다. 오히려 진달

래며 난이며 붓꽃 등 갖가지 꽃들이 저마다 색색깔로 한창 피어 탐스럽게 무성했다.

꽃으로 둘러싸이다시피 한 뜰 가운데 무며 차를 심은 밭이 있었다. 그 한편으로는 작게 고랑을 낸 제법 널찍한 밭이 있었는데, 꽃이고 밭 작물이고 그리 손댄 흔적이 없는데도 모두가 생기 있게 수북이 자라 틈새 하나 없이 무성했다. 게다가, 바라보는 이의 눈 탓일까, 그 자라는 기세가 하루가 다르게 왕성해져 가는 것 같았다.

독 기운이 아직도 몸 안에 남아 있어서인지, 무료해서 견딜 수 없는데도 눈앞에 티끌 같은 점들이 수없이 오락가락하는 복시(複視) 현상 때문에 마사키는 책을 읽을 수가 없었다. 해질녘에 뜰에 나가 소슬바람을 쐬는 것이, 이 며칠 동안의 유일한 낙이었다.

이날은 평소보다 조금 일찍 방문 밖으로 나섰다. 지난밤 엔유와 나누었던 대화 중의 한 대목이 아무래도 마음에 걸려서였다.

지난밤, 마사키는 엔유가 길어온 물에 수건을 적셔 오랜만에 몸의 먼지를 닦아냈다. 밥 짓는 물에서부터 세수니 자질구레한 것까지, 이 암자에서 쓰이는 물은 모두 노승이 근처에서 직접 길어오는 모양이었다. 마사키는 물 길어오는 곳이 근처에 있는 폭포일 거라고 막연히 짐작하고 있었다. 낮에는 이상하게도 전혀 느끼지 못하고 무심히 지나치지만, 밤이면 언제나 폭포 물 떨어지는 소리가 들리곤 했다.

아니, 물소리는 폭포라기보다는 널찍한 강물 소리에 가까웠다. 물소리에 섞여 호반새 우는 소리도 들려왔다. 그러나 이런 산중 깊은 곳에 강이 있을 리는 없지 싶어 그저 막연히 폭포려니 짐작했던 것이다.

물통을 정리하는 노승에게 마사키는 자기도 몸이 좀 나아지면 그곳에 데려가주십사고 청하였다.

"오래도록 목욕을 못 했으니, 한바탕 물을 뒤집어쓰면 한결 몸이 나을 것 같습니다."

엔유는 처음에는 마사키의 말에 고개를 끄덕였다. 그러나 발 딛기가 여간 험한 곳이 아니라며 당분간은 무리라고 말했다.

마사키는 어찌됐건 한번 가보기라도 하고 싶은 마음을 끊기 어려웠다.

"그리 멀지는 않겠지요? 제법 큰 폭포입니까?"

그 말에 노승은 이상하다는 표정을 지었다.

"폭포가 아니오. 설죽(雪竹) 세 마디 정도나 겨우 되는 가느다란 샘이지요."

마사키는 어이가 없었다. 실제로 귓전을 적시던 그 물소리를 노승과 함께 확인해보고자 했다. 그러나 귀기울여도 물소리는 전혀 들리지 않았다.

그런 일이 있어서 마사키는 평소와 달리 해가 중천일 무렵부터 뜰에 나와 선 것이다.

자리를 잡고 앉아 숲을 이리저리 가르듯 가만히 귀를 기울여보았다. 산은 오늘도 조용하다. 새소리는 물론이고, 아주 조그만 나뭇잎의 술렁임까지 바람이 남김없이 데려다주었다. 그러나 물소리는 들리지 않는다. 마사키는 그저 마음 탓이었던가, 생각했다. 그러고는 잊었다. 나무들 사이를 뚫고 불어오는 바람이 하도 상쾌하여 어느 틈엔가 그런 일 따위 다 잊어버리고, 그저 멍하니 눈앞에 펼쳐진 풍경에 시선을 던지고 있었다.

자연의 풍정에 대해 마사키는 어떤 신비한 감각을 지니고 있다. 그것은 당시의 수많은 낭만파 시인들 중에 기질적으로 그만이 지닐 수 있었던 '진정한' 낭만주의적 감각이었는지도 모른다.

마사키는 믿고 있었다. 자연이 그 가장 심원한 아름다움에 도달한 순간에는 어떠한 시구(詩句)도 모든 힘을 잃고 말리라는 것을. 그 순간에 시는 결코 떠오를 수 없으리라는 것을. 그것은 흔히들 말하는 대로, 법열(法悅)이 이성(理性)의 까탈스런 시종(侍從)인 말〔言語〕을 삼가고 사고를 빼앗아버리기 때문이 아니었다. 자연의 가장 심원한 아름다움을 마주한 순간, 인식 주체인 인간은 대상인 자연과 극적으로 일체가 되기 때문이었다. 인식 그 자체가 불가능해지는 것이다. 묘사해야 하는 자신과 묘사의 대상이 완벽하게 하나가 되어버리는 것이다.

마사키는 그 법열에서 돌아와 다시금 말에 머물려는 노력을 본질적으로 갖추지 못했다. 시인으로서는 중대한 결함이었던 것이다. 그 결함은 태만의 탓이 아니었다. 오히려 그것이야말로, 그 일체가 되는 체험이야말로, 마사키의 참된 바람이었던 것이다.

서양의 자유주의 사상을 접했을 때, 마사키는 비로소 자신이 유교적 가부장 제도의 윤리를 탈피하고, 불교적인 적멸위락(寂滅爲樂)의 이상을 털어내고, 한 개인으로서 살아갈 수 있는 길을 만난 듯한 느낌이었다. 자신을 꿰어 옷에 붙여놓던, 사회와 자연이라는 두 가지 색깔의 실을 풀어버린 뒤에도 달랑 남는 장식구슬 같은, 개인이라는 존재를 발견하고 놀랍고도 기뻤다. 마사키는 그것이 순수하게 하나의 가치를 지니는 세계를 꿈꾸었다. 자신의 정열이 자신의 것으로서 성취될 내일을 꿈꾸었다.

그러나 마사키는 점점 자아의 고통에 시달리게 되었다.

　그것이 무엇인지, 마사키는 알 수 없었다. 무엇인가가 있다는 의식은 있었다. 그것을 발견한 것은 자기 자신이었다. 그리고 그것이 무엇인지 모르는 존재 또한 자기 자신이었다.

　자신이 자신을 발견한 것이다. 그렇다면, 자신은 둘이라는 것인가. 알 수 없었다. 대체 그 둘은 다른 것인가 같은 것인가. 어떻게 다른 것일 수 있는가. 처음부터 이하라 마사키라는 인간은 단 한 사람일 뿐이다. 그렇다면, 같은 것이 아니면 안 된다. 같은 것인데 둘로서 존재한다 하는가. ─좋다, 큰맘 먹고 하나라고 생각해보자. 그리고 그것이야말로 자아라고 생각하자. 모든 것은 간단해진다. ……그런데, 자아란 무엇인가.

　이런 사색이 마사키를 어느 틈엔가 서양적인 이원론의 상극으로 이끌고 있었다. 하나가 둘이 되기 위해서는 무한의 도약이 필요하다. 그러나 두 개가 세 개, 세 개가 네 개 되기 위해서는 평소의 보폭으로 발을 내딛기만 하면 되었다. 마사키는 최초의 격차를 거의 무의식중에 뛰어넘고 있었다. 그리고 문득 돌아보니, 세계는 무너진 도미노처럼 이 끝에서 저 끝까지 모조리 조각조각 흩어져 있었다.

　마사키는 여행길에서 알지 못할 역병에 든 사람처럼 이유도 모르는 채 고통스러웠다. 그렇다고 일단 손에 들어온 자아를 버리고, 생을 또다시 자연 속의 한 현상으로 자각하기란 불가능했다. 무엇보다 정열이 용서하지 않았다. 더욱 그는 어떻게든 자아라는 것을 지니면서도 그러한 이원론에 의해 자아가 절단되지 않는, 무언가 초월적 존재와의 일체를 꿈꾸었다. 자신은 자기로서, 어디까지나 하나의 존재이다. 그 존재가 털끝만큼도 훼손되는 일 없이 그대로 유지되면서, 나아가 갖가지 모순을 해결해버릴 절대적 존재와 일체가 되기를 바랐던 것이다.

그에게서, 그 절대적 존재란 다름아닌 자연의 깊이 숨겨진 아름다움이었다.

마사키의 이런 감각은 사변(思辨)에 의해서만 키워진 것이 아니었다. 그것은 그의 타고난 감각이었다. 굳이 말하자면, 그 감각에 사변이 덧붙어 출구를 발견해낸 것이었다.

방벽에 등을 기대고 가물가물 먼 산들을 바라보며, 마사키는 아까부터 맹인의 삶에 대해 생각하고 있다.

정상인은 항상 시각(視覺)의 예고를 받으며 살아간다. 길을 걸을 때, 그 백 걸음 앞의 길이 그대로 보인다면, 그가 발을 옮길 세계는 이미 예고된 것이라 할 수 있다. 그때 예고된 공간을 예고된 자기 자신의 존재라고 착각할 수 있는 능력을, 인간은 가지고 있다. 바로 지금 주어진 확실한 세계상과 더불어 몇 초 후, 혹은 몇 분 후에 자신이 거기에 존재할 것이라는 확실함을 인식할 수 있는 것이다. 공간의 연속을 자신의 존재의 연속에 직접적으로 치환할 수 있는 능력, 이로써 세계와 인간은 도리어 예고에 의해 침식당한다. 지금 이 순간이 예고에 의해 부림을 받는 것이다.

그러나 맹인의 세계는 바로 지금의 손끝에만 있다. 세계는 결코 예고되지 않는다. 손끝으로 만지는 순간, 세계는 처음으로 그 모습을 드러낸다. 그 한순간만 홀연히 존재하지 않는다. 그것을 존재하게 하는 것은 거기에 가서 실제로 내디딘 첫걸음일 뿐이다. 그로써 존재하게 된 산과 새로운 관계를 맺는 그 자신도 또한 그때 비로소 존재하는 것이다.

미래는 결코 침식당하지 않는다. 한순간 한순간 세계와 인간과의 관계는 절대적인 것이다.

엄격한 긴장 속에 한순간마다 새로움을 얻는 세계와 인간의 투철한 관계. 그 경악. 그 행복.

……마사키는, 지금 이 땅의 풍경에 감춰진, 말로 다 할 수 없는 강한 힘을 온몸으로 느끼며 그런 순간을 부러워했다. 예고된 미래를 지니지 않은 단 한 번의 절대적 순간. 단지 육체에 의해

서만, 행위에 의해서만 인도되는 그 순간. 분명 그 순간이야말로, 아니 그 순간에 있어서만, 자신이 참되게 자연과 하나가 될 수 있는 것이 아닐까 하는 은밀한 예감에 휩싸이며.

*

산속 작은 암자에서 눈을 뜬 지 엿새째 되는 날 해질 무렵이었다.

마사키는 뜰에서 무심코 주워든 조그만 돌멩이를 매만지며 숲쪽을 바라보고 있었다. 이날도 내내 무료함을 풀 길 없어 책을 손에 들었다가 이내 내던지고 한숨만 쉬고 있다가 방을 나섰다.

자리를 잡고 앉아 한참 있자니, 선방 쪽에서 나온 엔유가 말을 붙여왔다.

"다리의 상처는 좀 그만하시오?"

그의 음성은 안온했다.

"예, 스님께서 공들여주신 덕분에 한결 좋아졌습니다. 통증이 아직 조금 남아 있지만 이대로 가면 그것도 금세 없어지겠지요."

마사키는 흰 이를 드러내 벙긋 웃으며 대답했다.

상처가 회복된 것이 기뻐서 나오는 웃음이 아니었다. 일상의 자질구레한 일들을 혼자 할 수 있게 되면서, 엔유와 말을 나눌 기회가 적어졌다. 수행중인 승려에게 많은 대화는 기대할 것은 못된다고 생각했으나, 뜰에서 마주치거나 측간에 가는 길에 스쳐도 엔유는 번번이 얼굴을 외로 돌리고 모르는 사람인 양 지나가곤 했다. 노승이 의도적으로 피하는 듯한 느낌이 들어, 마사키는 자신의 언동에 예를 벗어난 것이 있었던가 하고 괜스레 심경이 불편해지곤 했던 것이다.

"그렇다면 다행이외다."

대답을 던져주며, 엔유는 곁에 와 앉았다.

마주한 저녁노을이 하늘을 태울 듯 선연했다. 그 하늘빛에 붉게 물들어 마치 단풍철을 맞은 듯한 산 깊은 곳에서 두견새 울음소리가 이따금 들려왔다.

산을 바라보며 마사키가 말했다.

"이 산은 두견새가 퍽 울어대는군요. 아, 지금 또…… 휘파람새니 다른 이름 모를 새들은 모두 이쪽으로 저녁거리를 찾아 날아드는데, 두견이만은 이상하게도 항상 멀리서 울지요. …… 저는 저 두견이 울음소리를 들으면, 옛 사람이 어째서 저 새를 일컬어 '저승길에서 온 새'라 했는지 알 듯한 기분이 듭니다. 어디가 어떻게랄 것도 없이 그저 어쩐지."

노승은 대답 없이 입을 다문 채 붉은 저녁 해에 눈길을 던졌다. 두 사람 사이에 침묵 한 뭉치가 무심히 놓여졌다.

마사키는 저도 모르게 노승의 기색을 살폈다. 처음 만났던 날 밤에 느꼈던 그대로, 속진(俗塵)에 물들지 않은 담백함에 후덕한 자애가 담긴, 참으로 대오각성한 이의 얼굴이었다. 노승은 쉽사리 말을 풀지 않았다. 침묵은 묵화에 '그려진' 여백처럼 텅 비었으되 빈틈이 없다. 노승의 심중이 그 얼굴에 그대로 드러나 있는 것만 같았다.

내면의 생활. ─ 과연 그런 것이 존재하는 것일까.

엔유와 마주할 때마다, 마사키는 그런 의문을 품곤 했다. 이제까지 그는 인간의 겉에 드러난 바를 간단히 믿지 않도록 애써 왔다. 그것은 허세니 체면이니 하는, 전 시대로부터 이어져온 소위 '미풍(美風)'이라는 것에 대한 생각이 외래(外來)의 인간 불신 사상과 엇갈려, 기묘하게 어두운 것으로 변하여 마음속에 똬리를 틀고 있었던 터이었다. 인간과 접하기 위해서는, 항상 의식을 상대방의 내면으로 향하여 거기에 감춰진 것을 간파하지 않으면 안 되고, 거기에 얽힌 감정의 실을 한 올 한 올 꼼꼼하게 풀어나가지 않으면 안 된다고 생각했다. 마사키에게 있어, 상대방을 신뢰한다는 것은 마침내 그 작업이 끝나고 나서였다.

그것은 그리 어려운 일이 아니었다. 제아무리 복잡하게 얽혀 있어도 끝내 풀리지 않는 실이란 없으므로. 그러나 엔유를 마주하면, 이런 평소의 노력이 마음먹은 대로 작동하지 않았다. 노승의 마음속을 향해 들어간 마사키의 의식은 항상 어느 곳에선가 더 깊이 들어가지 못하고, 문득 정신을 차리고 보면 다시 밖으로 튕겨져나와 있곤 했다.

그리고 처음의 침묵만이 남겨져 있다. 그 침묵은 믿을 수 있는가. 아니, 여전히 불안함을 느낀다. 믿어도 좋을 것인가, 의심한다. 언제나 그랬다. 얽히지도 않은 한줄기 실을 찾는 사람처럼, 애당초 있지도 않은 환상의 실을 어떻게든 풀어보려 애쓰는 사람처럼, 마사키는 별 뾰족한 수를 찾아내지 못한 채 노승의 침묵과 대치하곤 했던 것이다.

얼마나 지났을까. 노승은 마사키를 향해 얼굴을 돌리더니 스스로 그 침묵을 무너뜨렸다.

"선비에게 한 가지 다짐해두고 싶은 것이 있소이다."

"무엇인지요?"

마사키는 앉음새를 바로 하였다.

"선비의 몸이 어지간히 좋아진 듯하니, 이제부터 몸을 움직일 일도 많아지리라 싶으이다. 절 안을 돌아다니는 것은 괜찮소만 단, 선방 건너편에 있는 작은 암자 근처에는 가지 않았으면 하외다."

"선방 건너편? 거기에 그런 암자가 있었습니까?"

"그렇소. 내 다짐에 약속을 하실 수 있겠소? 그것을 지키지 못할 것 같으면, 선비를 이곳에 머물게 할 수는 없소이다. 부디 확답을 주시오."

"……예, 그야 물론."

의아한 얼굴로 마사키는 대답했다.

"스님께서 그렇게 말씀하시니 약속은 하겠습니다만……"

"꼭 그렇게 하시겠소?"

"예, 반드시. ……그런데 어째서인지 그 이유를 들려주실 수는 없겠습니까?"

노승은 잠깐 생각에 잠기더니 천천히 입을 열었다.

"비밀로 하면 더욱 들여다보고 싶은 욕망이 이는 것이 당연한 이치. 굳이 감출 것은 없으리다. ……실은, 이 절에 머무는 자는 소승 한 사람이 아니올시다. 그쪽 암자에는 노파가 혼자 살고 있소."

"할머니가?"

"그렇소이다."

"그렇지만 어째서 그런 곳에 혼자서?"

"나병을 앓는 몸이오."

"……"

"나이는 들었으나 여인인지라 추하게 변한 자신의 모습이 남의 눈에 띄는 것을 꺼려하오. 부디 자비로운 마음으로 장난삼아 안을 들여다보는 일은 하지 말아주시오."

마사키는 얼굴빛이 변했다.

"……그런 사정이 있었군요. 물론 약속은 반드시 지키겠습니다. 저 또한 그렇게 박정한 사람은 아닙니다."

"그것만 지켜준다면, 어디든 마음 가는 대로 자유롭게 지내시오. 회복을 앞당기자면 다소 몸을 움직이는 편이 좋을 것이외다."

말을 마친 노승은 굳은 표정 그대로 고개를 꼿꼿이 쳐들었다.

이윽고 해가 저물어 산자락에 어둠이 가라앉고 있었다. 산 그림자가 밤보다 어두웠다. 그 어둠의 저 바닥에서 두견새 울음소리가 올라왔다.

'그저 죽음을 두려워하며 홀로 이 울음소리를 듣고 있는

가……'

　노승은 조용히 일어서서 선방을 향했다. 그 등을 눈으로 쫓으며, 마사키는 이제까지 노승에 대해 그저 막연하게만 품고 있었던 존경의 염을 처음으로 확실하게 느낄 수 있었다.

　노승의 침묵은 여전히 가늠조차 하기 어려웠지만, 그것을 노파와 연결지어 생각하자 마사키의 불안은 얼마간 다독여졌다. 이 깊은 산중에서 홀로 된 노파의 고독한 죽음을 지켜주고 있다면, 그리고 나날이 회복되어가는 젊은 마사키의 경망스런 발길에 의해 그것이 침해되는 것을 저어하고 있다면……

　마사키는 급히 시선을 선방 끝쪽으로 향했다.

　그러나 그곳에 있다는 작은 암자는 그림자조차 짐작해볼 수 없었다. 어떤 정체 모를 불길한 힘에 붙잡힌 듯 그곳만이 더욱 짙은 어둠에 물들어 있었다.

　죽어가는 별이 빛을 가뭇 삼켜버리듯, 산의 기(氣)가 그곳만을 목표로 삼아 흘러드는 것 같았다.

　'그저 죽음을 두려워하며 홀로……'

　마사키는 지팡이를 짚고 몸을 일으켰다. 아직 불편하게 내딛는 마사키의 발자국을 한줄기 소슬바람이 씻어갔다.

　땅바닥에 희미하게 그림자가 떨어졌다. 무언가에 이끌려 동편 하늘을 돌아보니, 채 차오르지 못한 반달이, 녹아내리기 시작하는 한 덩이 얼음처럼 구름안개에 젖어 휘황하다.

*

사흘이 지났다.

이른 아침 뜰에 나선 마사키는 창백한 이마에 손을 짚으며 서글프게 고개를 떨구었다.

"……또 그 꿈인가."

계절 모르는 비안개가 뜰의 나무를 휘감고 이끼처럼 허공을 떠돌고 있었다. 이마를 짚은 손가락 틈새로 비안개를 바라보며, 마사키는 말끔하게 깨이지 않는 묘한 꿈을 생각했다.

같은 꿈을 벌써 몇 날 밤, 어쩌면 이곳에 온 날부터 밤마다 꾼 듯도 싶은 꿈.

그것을 깨달은 것은 어제였다.

전날 밤에 꾸었던 꿈과 똑같은 꿈을 한층 더 뚜렷하게 꾸었다. 기묘한 일이라고 생각하고 있자니, 어렴풋이 그 전전날도 같은 꿈을 꾸었다는 생각이 퍼뜩 떠올랐다. 그러자 금세 기억이 꼬리를 물고 그 전날에도 또 그 전날에도, 거슬러오를수록 점점 희미하게 토막난 것이기는 하지만 역시 같은 꿈을 꾸었다는 것을 깨달았다.

이제 그 꿈을 처음부터 끝까지 선명하게 되살릴 수 있었다.

밤. 마사키는 무언가의 뒤켠에 숨어 한 여인을 바라본다. 여인은 아직 젊다. 스무 살을 갓 넘어섰을까. 여인은 벌거벗은 모습으로 등을 보이며 대자리 위에 서 있다.

발치에는 벗어놓은 옷이 있고, 그 곁에 물이 가득 담긴 함지며 물바가지. 그곳이 어디인지는 알 수 없지만, 한없이 고적하고 사람 그림자라고는 없는 곳. 눈길 끝에 숲이 보인다.

달빛은 괴이하리만치 훤하게 밝다. 여인의 몸을 감싼 것이라고는, 달빛을 받아 요요하게 영롱하면서도 자욱해진 안개뿐이다.

허리까지 내려오는 탐스럽고 푸르스름한 머리칼이 눈 같은 피부에 비쳐 아름답다. 여인은 그 머리를 손빗질로 빗어올려 머리핀으로 묶으려 애쓰고 있다. 머리 위로 둥그렇게 올라간 두 팔은 꽃잎에 앉아 쉬는 나비와도 같다. 나비는 가만히 춤추듯 움직이며 머리 위에 머물고. 지그시 숙여진, 학처럼 여린 목이 이따금 움직이며 얼굴 선을 얼핏 보여줄 듯 그대로 슬쩍 돌아가곤 한다. 조그마한 어깨. 젖은 등줄기는 엿물처럼 반들거린다.

머리를 다 틀어올린 여인은 머리 위의 팔을 풀어 조용히 아래로 떨군다. 그와 동시에 나비는 홀연 자그만 머리핀이 된다.

그러는 동안 여인은 내내 함지의 물에 뜬 달을 물끄러미 바라보고 있다. 잠시 후, 여인은 천천히 한쪽 다리를 내려 대자리에 앉더니, 손에 든 바가지로 그 달을 퍼올린다. 보름달이 함지 안의 수면에서 흔들린다.

마사키는 황홀에 잠겨 잠시도 눈을 떼지 못하고 그 아름다운 자태를 뚫어지게 바라본다.

이윽고 여인은 머뭇머뭇 어깨 위에 물을 쏟는다. 물은 조용히 등을 타고 흘러 몸을 적신다. 한순간, 등줄기가 황금빛으로 반짝 빛난다.

─그 반짝임이 화살이 되어 날아와 마사키의 눈동자에 박혔다. 그때까지 숨을 죽이고 지켜보던 마사키는, 여인의 얼굴을 보고 싶다는 생각에 몸을 부르르 떨며 저도 모르는 결에 짚신 끈을 세게 잡아당겼다.

바가지를 내려놓고 일어서는 여인의 머리에서 문득 머리핀이 떨어진다.

머리핀은 대자리를 때리며 가볍게 튀어오른다. 물방울이 튄다. 자디잔 안개방울을 뿌려놓은 듯 촉촉이 젖은 몸에 머래채가 차르르 쏟아진다. 여인은 머리핀을 집어든다. 두 팔이 머리 위에서 다시 나비의 두 날개가 된다……

꼭 그 찰나, 더이상 견딜 수 없어 앞으로 나서려는 마사키의 기척에 여인이 뒤를 돌아보는 그 순간—꿈은 홀연 현실 이편으로 그를 데려와버리는 것이었다……

처음으로 이 꿈에 대해 깨달은 날, 마사키는 저속하기 짝이 없는 욕망의 소치라고 스스로를 냉소했다. 그러면서도 알지 못할 여인의 요염한 자태를 회상하며 은근히 즐기는 자신을 어쩌지 못했다.

여인을 본 기억은 없다. 여인의 벗은 몸이 보여주던 아름다움이 세상 어디에도 비할 데 없었던 것을 생각하면 본 기억이 없다는 것은 분명했다. 그런데 웬일인지 그립다. 마치 오래도록 다정하게 지내던 사람처럼. 어쩌면 그새 잊고 있던 양산의 여인인가하고도 생각했다. 그러나 그런 것 같지도 않았다. 꿈속의 여인의 등에는, 역에서 만났던 그 여인에게는 없는, 애련한 분위기가 감돌았다. 꿈속에서나 살 수 있을 듯한 그런 허망함이 있었다.

마사키는 문득, 엔유에게서 들은 노파의 이야기를 떠올렸다.

그 서글픈 이야기가 기억 어딘가에서 재주를 넘다가 거꾸로 뒤집혀 음전하지 못한 꿈이 되어 나타났다는 게 차라리 앞뒤가 맞는 이야기일 성싶었다. 연민의 정이 깊고 진지할수록 꿈에서는 더욱 경박한 모습이 되어 나타나는, 그런 일이 있을 수도 있지 않겠는가. 그렇게 생각하자, 갑자기 마음 둘 길 없는 적막감이 찾아들었다. 마사키는 뇌리를 스치는 어지러운 사색을 그대로 버려두었다. 이상한 꿈이기는 했지만, 꿈의 수수께끼는 수수께끼인 채 그대로 꿈속에 두어도 괜찮지 않겠는가.

그러나 이날 아침은 다르다. 그저께도, 그 전날도 어제 꾼 것과 똑같은 꿈을 꾸었다는 것을 깨달은 것이다. 게다가 노파의 이야기를 듣기 이전부터, 이곳에 온 날 이래 계속해서 그 꿈을 꾸어왔던 것만 같다.

있을 수도 있는 일이라고 생각했다. 병중의 피로감 탓이리라. 그러나 밤마다 보는 꿈들이 처음부터 끝까지 한군데 틀림없이 모조리 똑같다는 것은 아무리 생각해도 납득할 수 없었다.

뜰에 나와 서서도 내내 그 생각에서 벗어나지 못했다. 의구심에 마음이 어지러웠다.

이날 아침, 그 꿈을 꾼 바로 뒤에 밑도끝도없이 시 한 구절이 떠올랐다.

유란로 여제안 무물결동심 연화불감전

幽蘭露 如啼眼 無物結同心 煙花不堪剪

아련히 그윽한 난에 맺힌 이슬, 눈물 어린 눈망울 같아

마음을 하나로 맺지 못하고 보얗게 핀 꽃 자를 수 없네

아니, 떠올랐다는 표현은 정확하지 않다. 그 시구절은 문자
도 소리도 아닌 채, 스미듯 그에게 와서 입 밖으로 절로 새어나
온 것이었다. 너무나 돌연한 일이었다. 누군가 자신의 입을 빌
려 그렇게 중얼거린 듯하여 두려운 마음이 일었다.

마사키는 이 시구가 어디의 어떤 구절인지 한동안 알 수 없었
다. 뜰에 나와 이리저리 생각을 더듬어도 모르겠던 것이, 어느
순간 홀연 제목이 떠올랐다.

이하*의 「소소 소가(蘇小小歌)」의 첫 구절 몇 행이었다. 마사
키로서는 뜻밖이었다.

이즈음 이하의 시를 애송한 일이 없었다. 그저 언제던가 한참

---

* 李賀, 791~817. 중국 당나라의 시인.

오래전에 『이장길 시가』를 읽고 그중 몇 편인가 읊조려본 정도였다. 「소소 소가」는 그렇게 조금 맛본 시들 중의 하나로, 그 이후 입에 올려본 적도 없던 시구였던 것이다.

그것이 홀연 기억 저 밑바닥에서 되살아나, 아직 꿈에서 덜 깬 그의 메마른 입술 끝에 오른 것이었다. 수없이 많은 말들 중에서 누군가가 의도적으로 그 구절만 끄집어내기라도 한 듯이. 마치 활어조 속에 뜰채를 집어넣어 비늘을 맞부비는 물고기떼는 죄 제쳐두고 부러 바닥에 가라앉은, 이제 곧 죽을 둥 살 둥 헐떡거리는 물고기를 낚아올리듯이.

실은 이런 일은 이날 아침이 처음은 아니었다. 며칠 전 밤, 마침 그 기묘한 물소리를 듣고 있던 때에도 마사키는 돌연 '수농상아패(水弄湘娥珮)', 물결은 상아*의 패물을 갖고 노니는 듯 일렁이누나라는 시구를 떠올렸다.

이 구절은 입 밖에 나오지는 않고 뇌리에 떠올랐을 뿐이었다. 그즈음 마사키는 시든 소설이든 마음에 드는 문장이 있으면 무엇이든 외워버리곤 했으니, 그중 한 구절이 어느 곁엔가 되살아나는 일은 자주 있었다. 하지만 문득 떠오르는 그런 문구들을

---

* 湘娥. 중국에 있는 상수(湘水)라는 호수의 신으로 일컬어지는 전설의 두 여신.

일일이 음미할 것은 없어서, 그때도 그저 잠시 이상하게 생각하다 그만 잊어버렸었다.

그러나 지금 다시 생각해보니, 아무래도 그 구절 또한 이하의 시구절인 것 같다. 오래도록 만나지 못한 지인(知人)을 뜻밖에 꿈에 본 듯하여, 마사키는 이런 산속 깊은 곳에서 까닭없이 이하의 시를 조우한 것이 어쩐지 꺼림칙했다.

아련히 그윽한 난에 맺힌 이슬, 눈물 어린 눈망울 같아
마음을 하나로 맺지 못하고 보얗게 핀 꽃 자를 수 없네

아침 기운이 조금 서늘하다. 마사키는 꼬리를 물고 떠오르는 생각에 개운찮은 마음으로 시구를 소리내어 웅얼거려보았다. 그리고 뜰에 가득 낀 안개에 눈길을 던지다 저 건너편을 바라보았다.

어린 새들의 지저귐이 평소와 달리 멀다. 하늘은 서서히 밝아왔지만, 아침은 아직 아득한 곳에서 서성이는 듯하다. 산은 첩첩이 이어져 구름안개의 물결 속에 희미하게 떠 있고, 산 그림자는 절망적일 만큼 거대하다.

문득 오늘이 며칠일까, 생각했다. 이곳에 온 이후, 날짜를 셈

하는 일을 자연스레 잊었다. 엔유의 말을 의심하는 것은 아니지만, 줄곧 잠들어 있었다던 사흘이라는 시간을 마사키는 믿을 수 없었다. 물론 노승이 거짓말할 까닭이 없다. 그러나 설령 사흘이 아니라 그보다 더 긴 날을 잠들어 있었다 해도, 일단 자리에서 일어나 보니 깨어난 순간과 잠에 막 빠져든 순간이 풀칠이라도 한 것처럼 철썩 붙어버려, 혼곤히 잠들어 있던 시간은 어차피 시간의 흐름 속에서 그 아래에 둥그렇게 원을 이루는 이완의 시간으로만 느껴지는 것이었다.

엔유는 사흘간이라 했다. 그러나 그토록 오랫동안 눈 한 번 뜨는 일 없이 줄곧 잠들어 있을 수 있을까. 어쩌면 엔유의 눈에 띄기 전에 또 며칠인가 지났었는지도 모른다. 하루? 이틀? 아니면 좀더 긴 날이었을까. 그게 확실하지 않은 상황에 날짜를 따져본들 어차피 쓸데없는 일이었다.

……마사키는 자기를 괴롭히는, 어떤 이름 붙이기 힘든 불안에 이런 논리의 옷을 입혀 형태를 부여하지 않고서는 견딜 수가 없었다. 분명 사흘은 긴 시간이다. 그러나 산속에서 길을 잃고 방황하던 때의 기억은 수개월, 수년 전의 일처럼 아득하다. 아니, 아무리 긴 시간을 빗대어도 그 느낌을 표현할 수가 없다. 기억은, 구체적인 시간에 의해 격절되었다기보다 오히려 시간과

전혀 다른 무언가에 의해 통째로 들어내어진 것만 같았다.

마사키는 자신이 '현실의 시간'으로부터 격리되었다는 기묘한 착각이 들었다. 그것은 그저 달력 위에서 자신의 현재 위치를 확인하는 것이 불가능하다는 의미가 아니었다. 이곳에서는 무언가 '별개의 시간'이 흐르는 것 같다. 아니, 어쩌면 시간 그자체가 흐르지 않는 것 같다. 그런 느낌이 불안감이 되어 그의 눈앞을 어지럽혔다.

마사키는 마음이 불안한 이유들을 찾았다. 늘상 품고 다니던 회중시계를 어딘가에서 잃어버린 것도 이유일 수 있었다. 아마 산속 어딘가에 떨구고 온 듯했다.

그러나 그것말고도 더욱 큰 이유가 두 가지 있었다.

지금 서 있는 이 뜰의 풍경이 그 하나이다.

거의 매일 이곳에 나온 그로서는, 그 화급스러운 변화의 과정을 빠짐없이 지켜볼 수 있었다. 그 변해가는 양상은 너무도 기묘했다. 처음에는 마음 탓이려니 했다. 그러나 점차 확연하게 드러나는 명백한 변화에, 이제는 자신의 눈앞에 전개되는 것을 무엇으로도 부인할 수 없게 된 것이다.

—아침마다 깨어보면 꽃이 성큼 자라 있고 나뭇가지가 쭉쭉 뻗어 있었다. 나뭇잎의 초록빛이 믿을 수 없을 만큼 짙어져 있

었다. 그런 모든 변화가 한눈에 당장 알아볼 만큼 현격한 것이었다.

자연이 이곳에서만 어떤 특별한 힘에 의해 한눈에 들 만큼 성장이 촉진되는 것 같다. 아니, 촉진된다기보다 비통할 정도로 무리하게 성장을 강요당하는 것 같다. 게다가 그 변화가 장소에 따라 현격히 다르다. 마사키가 거처하는 방에서 선방을 넘어 노파가 있다는 암자를 향해, 그 변화는 점차로 왕성해진다. 마치 옆으로 누운 원추의 정점을 고정시켜 한 바퀴 돌린 듯이, 노파의 거처로 다가갈수록 시간이 뒤틀려 빠르게 흘러가는 것 같다.

또 한 가지 이유는, 이따금 엄습해오는 환각과 환청 같은 것들이다.

토방에 내려서서 짚신을 신으려 할 때, 어깨의 먼지를 털어낼 때, 밥상에 젓가락을 내려놓으려 할 때, 측간 문에 막 손을 갖다 댈 때, 가방 끈을 묶을 때, 무심히 하품을 할 때, 머리를 긁적일 때…… 이런 일상적이고도 사소한 동작을 할 때, 마사키는 언뜻언뜻 어두운 밤 산중 덤불 속에 홀로 쓰러져 누운 자기 자신을 발견하곤 했다. 자신이 지금도 여전히 산중에 쓰러져 있는 것이다. 쓰러져 누운 그의 머리 위에서는 끊임없이 두견새가 울어대고, 그의 손에는 핏물에 얼룩진 수건이 쥐여 있다. 눈은 흙에 비벼져 범벅이 되어 있고, 그 눈앞으로 다족류의 벌레가 기어간다. 뺨에는 떨어져내린 나뭇잎의 감촉이 느껴진다. 숨을 쉴 때마다 콧구멍으로 흙이 들어온다. 상처에서는 멈출 새 없이 뜨뜻미지근한 피가 흘러내린다. 그리고 어둠 저 밑바닥에 붉은 꽈리열매처럼 형형하게 번뜩이는 뻘건 점 두 개.

—그 모든 것이 환각이라기에는 너무나 생생하다. 하나하나가 확실한 감촉을 지니고, 육체를 점차 옥죄는 듯한, 저항하기 어려운 힘을 가지고 다가온다. 그리고 이 기묘한 현상이 날이 갈수록 점점 더 빈번하게, 점점 더 오랫동안, 마사키를 숲속 깊은 곳으로 데려가곤 하는 것이다.

마사키는 이따금 우습지도 않게, 우라시마 전설*같은 옛이야기를 떠올렸다. 그러고는 그런 이야기를 진지하게 생각하고 있는 자신에게서 발광의 징조를 느끼고 그야말로 꺼림칙한 기분

---

* 일본의 옛 설화. 단후수(丹後水) 강가에 살던 우라시마 다로(浦島太郎)라는 어부가 그물에 걸려든 거북이를 놓아주었다. 그 인연으로 거북의 도움을 받아 용궁에서 3년이라는 세월 동안 영화를 누리며 살았다. 헤어지는 참에, 거북낭자(龜姬)에게서 보물상자를 받았다. 고향에 돌아온 그는 거북낭자와의 약속을 어기고, 그 상자를 열었다. 그러자 하얀 연기가 퍼져나오며 우라시마 다로는 순식간에 노인이 되고 말았다 하는 이야기. 전형적인 신혼(神婚) 설화, 선계체류(仙界滯留) 설화에 속한다.

에 빠져들지 않을 수 없었다. 그러나 이곳 어디에도 용궁처럼 화려한 장식은 없다. 있는 것이라곤, 노파의 고독한 죽음뿐이지 않은가. 이런 생각 따위 분명 무료의 산물이려니 하고 그저 지나치고자 했다. 그러나 여전히 불안은 사라지지 않았다. 산을 내려가면 예전과 다름없이 살아갈 세계가 있다는 것이 믿어지지 않는다. 난생처음 보는 땅에서 멋대로 흘려보낸 시간의 끝부분을, 역시 멋대로 흘러가고 있을 여행 떠나기 이전의 시간에 붙여 다시 이어간다는 것이 참으로 아득한 일로만 여겨지는 것이다.

적어도 이제까지 거쳤던 여행길에서 그런 고민을 한 적은 한 번도 없었다. 여행에서 돌아가면 바로 다음날부터 당연한 듯 다시 예전의 생활이 시작되곤 했었다.

그런데 이제 그것이 의심스럽기 짝이 없다. 그런 건 처음부터 불가능했던 것이 아닐까 하는 의구심까지 든다.

이런 이유도 없는 의구심은, 반증하여 스스로를 납득시킬 수 없기 때문에 더욱 번거롭다. 이런 의심은 두서없는 것이라고 생각하면 할수록 도리어 허망하게도 불안이 쌓여가는 느낌이었다.

……안개는 조금씩 걷혀간다. 마사키는 퍼뜩 인기척을 느끼

고 뒤를 돌아보았다.

선방 문은 닫힌 채였다.

생각을 멈추고 한숨을 내쉬며 하늘을 올려다보았다. 회색빛 구름 너머 저 멀리에서 날까마귀가 활달하게 날개를 펼치고 있었다. 발길을 돌려 방으로 돌아가려고 막 들어올린 발 아래로 달팽이가 천천히 기어가고 있었다. 그 작은 것이 땅바닥에 남긴 선이 은가루처럼 빛을 냈다.

*

다시 며칠 밤이 흘렀다. 밤마다 같은 꿈이 거르지 않고 그를 찾아왔다.

거듭되는 꿈 속에서 여인이 옷을 벗을 때마다, 그 몸은 신생의 빛에 깨끗이 씻겨져나갔다. 여인의 자태는 점점 더 명료해지고, 마침내는 꿈인지 현실인지 분간하기 어려울 만큼 뚜렷한 기억의 잔향(殘香)에 취하게 했다.

마사키는 여전히 이 꿈에서 불길함을 느낀다. 한 가지 광경의 집요한 반복은, 광치에 서서히 빠져드는 과정이 아닌가 의심한다. 그러나 그러한 사뭇 어두운 감정까지도 여인이 풍기는 기묘한 매혹이었다. 잠자리에 들 때마다, 마사키의 마음속에는 여인을 만나리라는 기쁨이 스며들었다. 혹시 오늘밤에라도 그 꿈이 갑자기 사라져버리는 건 아닐까 하는 걱정까지 깃들었다. 그리고 아침이면, 전날 밤보다 더욱 명료한 재회를 이룬 황홀에 빠져 홀로 그 여운의 밑바닥에 몸을 가라앉히는 것이었다.

어제와 오늘, 오후 내내 비가 내렸다. 반가웠다. 그치지 말고 계속 내려주기를 바랐다. 며칠 전까지만 해도, 노승이 말한 대로 상처가 회복되면 당장이라도 하산할 작정이었다. 그러나 꿈속의 여인에게 마음을 빼앗긴 이후, 그 결심은 나날이 흔들려 요즘은 어떻게든 이곳에 더 머물 핑계를 찾아보고자 궁리를 거듭하고 있었다.

자신이 이 산에 먹혀들어간다는 느낌도 있었다. 그런 생각이 떠오른 것은 어제였다. 상처가 어떤가 살펴보았을 때였다. 살이 찢기고 독이 곪아 보랏빛으로 부어올랐던 상처가 겨우 열흘 남짓 지나는 사이에 딱지만 남기고 거의 나아버렸다. 통증도 없었다. 상처로 인한 열이며 구토도 멎어 있었다.

이상했다. 상처의 회복은 물론 크게 좋아할 일이었다. 그러나 바로 일주일 전만 해도 지팡이에 의지하지 않고는 제대로 설 수도 없었는데, 이제는 아무 거침 없이 절 안을 거닐고 있다. 약이 좋았던 탓일까. 그럴지도 모른다. 그러나 약이 아무리 좋다 해도 그렇게 심한 상처가 완치되자면 시일이 한참 더 걸려야 옳을 터였다.

밤이 내렸다. 비 걷힌 뜰에 내려선 마사키는 달빛에 조용히 빛나는 꽃들을 바라보다가, 문득 불안한 얼굴로 정강이의 상처를 들여다보았다.

'나는 어느샌지 모르게 이 땅의 화급한 시간의 흐름 속에 발을 빠뜨려버린 것인지도 모른다.'

열사흘 달이 흘러가는 구름에 가려 희미한 빛을 뿌리고 있었다. 허공에는 바람이 불고 있었다.

마사키는 머리 위를 올려다보았다.

거울에 씌워놓은 진청색 덮개가 천천히 말려올라가듯, 달은 날을 더할수록 뚜렷하게 차오른다. 이곳에서는, 단지 달이 점점 차오르는 모습에서만 시간의 흐름을 알 수 있다. 그리고 드나드는 이 없는 작은 방에 기어들어 물건에 쌓인 먼지의 두께를 통해 시간을 확인하는 사람처럼, 밤을 지샐수록 창백한 빛 아래 풍염해져가는 뜰 풍경에서만 시간의 흐름을 실감할 수 있었다. 시간은 하늘에서 흘러내려온다. 달빛에 화답하듯 꽃은 한층 화창하게, 숲은 더욱 울창하게, 모든 것이 어떤 한순간을 향해 고통스러울 만큼 무성해져간다.

시간의 급한 흐름은 상처를 씻어내리고, 얼마 안 되는 흔적까지 모조리 정갈하게 닦아내려 한다. 그리고 그 흐름의 밑바닥에서는, 상처입던 그날 밤의 풍경이 끊임없이 팔을 뻗어 마사키를 심연으로 끌어들이려 한다.

그 어둡고 딱딱한 손에 붙잡혔을 때만 어렴풋이 상처의 통증을 느끼곤 한다. 그리고 그 상처입던 밤이 보여주는 환영의 바닥에 몸을 가라앉힐 때만 예전의 시간 속에 서 있는 듯한 느낌이 드는 것이다.

여인의 꿈은 이 산과 깊이 연결되어 있다. ―마사키는 그렇게 생각했다. 그것은 점점 적나라해지는 환영들이 이런 시간의 흐름과 어딘가에서 연결되고 있는 듯한 느낌이 들기 때문이었다. 산을 내려가면, 두 번 다시 그 여인을 볼 수는 없으리니. 절을 뒤로 한다는 것은 곧 그녀를 버리는 것이리니. 그것을 여행 중의 기묘한 추억으로만 접어두기에는 너무 오래도록, 그리고 너무 '멀리서' 여인을 지켜보았던 것이다.

하산을 망설이는 마사키의 마음을 꿰뚫어보기라도 한 듯, 엔유는 틈날 때마다 몸이 어떤지 물어왔다. 마사키는 노승의 물음에 그저 그 자리만 모면하는 거짓말로 응대했다. 거짓말이 자주 거듭되다 보니 마음이 괴로웠다. 요즘은 공양을 위해 어쩔 수 없이 선방에 가는 일 외에는 되도록 노승과 얼굴이 마주치지 않도록 조심했다.

마사키 스스로 자신의 행위가 이상한 짓이라고 느끼지 않은 건 아니었다. 꿈도 환각도, 모두가 뱀의 독이 불러들이는 후유증이 아닐까 생각하기도 했다. 그러나 그뿐. 거기에서 의구심은 그만 멈춰버린다. 이미 힘을 잃은 의구심은, 이곳에서 겪는 바로 지금의 체험이 지닌 기묘한 매혹에 한순간 삼켜져버리는 것이다.

그것은 때로 지금 이 순간의 현상마저 들이마시려 했다. 마치 눈 뜨고 있는 이 순간이 몽롱한 환각인 듯. 마사키 자신이 꿈을 꾸는 것이 아니라, 누군가에 의해 그가 *꿈꾸어지기라도* 하는 듯.

*

산중 절방에서 눈을 뜬 지 열닷새째 되는 날 밤이었다.

선방에서 마사키의 상처를 치료해주고 약사발을 내려놓은

엔유가 평소와 다름없는 담담한 표정으로 입을 떼었다.

"오늘 저녁 달을 보셨소?"

"달이요? 아뇨, 오늘은 아직……"

"만월이외다. 선비가 이곳에 깃든 지 꼭 보름째 되는 날이오. 소승이 본 바로는 상처는 이제 다 나은 듯하구려. 이쯤해서 서서히 하산하여 남은 여행길을 서두르는 것이 어떨까 싶소만."

노승의 말에 마사키는 대답 없이 고개를 떨구었다.

"더이상 이런 산 구석에 머물 이유는 없겠지요. 상처가 나았으니, 내일이라도 이곳을 뜨는 것이 좋겠소이다. 기슭까지는 소승이 안내하리다."

"……"

"선비."

"이곳에 한동안 더 머물게 해주실 수는 없겠는지요."

노승은 아무 대답이 없었다.

"왜 안 되는지요?"

마사키는 얼굴빛이 핼쑥해지면서 자기도 모르게 격앙되어 목소리가 높아졌다.

"어째서지요? 부디 일러주십시오. 스님의 말씀대로 상처는 이제 다 나았습니다. 스님께는 여러모로 폐가 많았습니다. 더

이상 바랄 수 없을 만큼 후히 대해주신 은혜는 잘 알고 있습니다. 그러나 이렇게까지 저를 내보내려 하시는 데는 뭔가 이유가 있으신줄 압니다. 스님께서 이르신 말씀은 분명히 지키고 있습니다. 건너편 암자에는 한 걸음도 다가가 본 일이 없습니다. 하루 세 끼 신세지는 것 외에는, 이제 스님께 일일이 폐를 끼치는 일도 없습니다. 참으로 실례인 줄은 압니다만, 돌봐주신 은혜는, 얼마 안 되는 돈이나마 시주로 갚고자 마음먹고 있습니다. 제가 이곳에 더 머문다면, 스님께 큰 폐가 되는지요? 평생을 이곳에 머물자는 게 아닙니다. 조금만 더, 조금만 더 머물면 됩니다!"

마음의 평정을 잃고 대답을 재촉하는 마사키를, 엔유는 건조하고 날카롭게 빛나는 눈초리로 바라보며 냉랭하게 말했다.

"소승은 처음부터 자비심에서 선비를 구한 것이 아니외다. 한 찰나 '감히' 그냥 지나치려 했던 소승의 교만을 절복(折伏)하기 위해 업어왔을 뿐이오."

침묵이, 노승이 막 뱉은 말의 여운을 놓치지 않고 붙잡았다. 마사키는 한순간 멍하니 있었다. 이윽고 앞으로 내밀었던 몸을 단정히 수습하고, 그대로 두 손으로 바닥을 짚었다. 마룻바닥이 삐걱이는 소리를 냈다.

"선비야말로 왜 그리 이곳에 집착하시오?"

"……"

"이곳에는 아무것도 없소이다. 아무것도. 그것을 모를 만한 분이 아닐 터."

마사키는 엎드린 자세로 꼼짝 않고 한동안 입을 다물고 있었다. 그리고 바닥을 향한 채 도리 없이 고개를 한 번 끄덕였다.

"그러면, 내일 아침 일찍 길을 나서십시다. 오늘밤은 숙면을 취해두어야 할 게요."

엔유는 상을 들고 일어서며, 마사키를 일별한 후 혼자 자리를 떴다.

남겨진 정적 속에서 마사키의 격정은 갈 길을 잃었다.

— 어째서 그리 이곳에 집착하시오?

노승의 그 가차없는 물음에, 마사키는 순간 '꿈속의 여인 때문'이라고 대답하려 했다. 그리고 이내 자신이 내뱉을 말의 황당함을 깨달았다. 바로 조금 전까지 그윽이 바라보던 눈앞의 꽃이 활짝 핀 채로 돌연 바닥에 떨어지듯, 여인의 환상이 본래 자신의 세계로 물러가고 말았다. 현실 세계에 조금씩 배어들 듯 드러나던 그 자태가 다시금 꿈 저 건너편으로 멀어져버리고 말았던 것이다.

그와 동시에 불현듯 마사키의 마음속에 꿈이니 현실이니 하는 말이 넘쳐나와 각각의 세계를 결박하기 시작했다. 여인은 언어에 의해 갇힌 몸이 되었다. 마사키는 그 감옥에 자물쇠를 걸었다. 그리고 한 섬뜩한 의혹에 이끌려 혼잣말을 흘렸다.

"……내가 그 여인을 '사랑하는' 것일까?"

그때 거의 무의식적으로 흘러나온 자조의 울림이 간신히 마사키를 구해주었다. 그에 맞추어 마사키는 일부러 웃어보았다.

말을 부여하지 않으면 납득할 수 없는 감정이 있다. 본래는 다른 것이었을 수 있던 것이 말을 부여받아 거기에 부합하는 것으로 변해버리는 감정이 있다. 그 둘 다, 깨닫고 보면 같은 것이 아닌가.

마사키는 자기가 여인을 사랑했는지 아닌지 알 수 없었다. 그러나 자기가 지금 막 흘린 말을 새겨보자니 실제로 사랑하는 것처럼 느껴진다. 그러나 그 말의 의미가 얼마나 어리석은 것인가. 그 여인을 알지도 못한다. 게다가 그것이 꿈인 이상, 여인은 분명 마사키 스스로가 만들어낸 것이다. 그것은 환상이다.

사랑한다 치자. 그렇다면 나는 꿈속의 여인에게 사랑받기를 원하는 것인가. 생각이 여기에 미치자, 차가운 손이 목줄기를 훑는 것처럼 섬뜩했다.

"사랑하고 사랑하지 않고가 어디 있는가. 꿈은 그냥 꿈일 뿐. 나는 정녕코 제정신이 아니다. 스님의 마음속에는 분명 나라는 인간에 대한 모멸감이 가득 차 있을 터."

마사키는 평정을 잃고 마구 입에 담았던 말들을 저주했다. 그 우스꽝스럽기 짝이 없음을 저주했다.

"그래, 상관없어. 어떤 이유에서든, 스님이 그저 나를 혐오하는 것뿐이라고 해두면 그만……"

마사키는 다시금 자조감에 빠져들었다. 가슴속에 품어왔던 여인에 대한 마음까지 모조리 내팽개치려 했다.

─그 순간, 주변은 돌연 어두운 밤의 숲, 뱀의 독에 깊숙이 먹혀들던 그 밤의 숲으로 돌변했다.

두견새가 울고 어둠 속에 뻘건 두 개의 점이 번뜩이는 바로 그 광경이었다. 그러나 이번 환영은 어딘가 다르다. 아무리 도리질을 쳐도, 자신이 실제로 그곳에 있다고밖에는 생각할 수 없었다. 아니, 의심조차 할 수 없을 만큼 확실하게 온몸으로 감지되었다. 다리의 상처는 이제까지 겪어본 적이 없는 고열을 내며 썩어가고 있었다. 피에 젖은 손은 흙 범벅이 되어 부들부들 떨린다. 손가락에 힘을 주어 땅바닥을 긁어대니, 손톱 사이에까지 흙이 파고든다. 떨어져 내린 잎사귀가 귓바퀴를 누르며 버석거린다. 헐떡이는 숨결에, 입술에 닿았던 마른 잎이 아주 조금 밀렸다 다시 돌아온다.

'이것도 환상이라 하는가?'

퍼뜩 앞에 있는 두 개의 뻘건 점에 시선이 닿자, 마사키는 불시에 몸속의 피를 다 잃고 간신히 남겨진 피까지도 차디차게 굳는 듯한 느낌이었다. 머리 위를 덮은 나뭇잎들의 버석거림이 멀리 희미해져가고, 어느 틈엔가 이전에 들었던 강물 소리로 바뀌어갔다.

눈앞이 혼미해진다. 뇌수가 안에서부터 부풀어 두개골을 압박하는 듯 격심하게 열이 난다. 입안에 송진처럼 끈끈하게 괸 마른침이 입가로 흘러나온다.

의식이 멀어졌다가 돌아오고, 다시 멀어져간다. 어떤 강한 힘이 그의 의식을 흔들어 깨우며 자기 쪽으로 끌어당기려 한다.

앞에 버티고 있는 두 개의 붉은 점 건너편에, 희미하게 사람 그림자 같은 것이 보인다. 안간힘으로 그것에 시선을 모으던 마사키는 저도 모르게 중얼거렸다.

'그 여인!'

─소리가 되어 나오지는 않았다. 확실하게 모습을 볼 수도 없다. 내뻗은 손도 닿지 않는다. 그러나 여인은 지금, 바로 옆에

있다. 그 따스함까지 느낄 수 있을 정도로, 더욱더 허망하다. 소리내어 여인을 불러보려 한다. 그때 돌연 참으로 애달픈 소리가 들려왔다.

"오지 말아요."

……다음 순간, 한 무더기 혼탁한 의식이 지난 뒤에, 마사키는 다시금 선방 한가운데 오똑하니 홀로 앉아 있었다.

마사키는 잠시 그대로 멍하니 마룻바닥만 바라보고 있었다.

이윽고 조금씩 시선을 돌리다 고개를 슬며시 들어 머뭇머뭇 주위를 둘러보았다. 달라진 것은 없었다. 오른손을 촛불 빛에 비춰보았다. 손바닥은 아무런 흔적도 없이 깨끗했다. 상처의 통증도 씻은 듯이 사라졌다.

공포감이 마사키를 휩싸안았다. 그의 사고가 일시에 파탄을 일으키고 말았다.

"나는 산속에 쓰러져 있고, 또 나는 선방 가운데 앉아 있다…… 그리고 꿈속에서는……"

생각할수록 공포가 깊어갔다.

이윽고 뜰을 걷는 짚신 소리가 들려왔다.

'스님은 내가 이렇게 이상해진 것을 아시고서 산을 내려가라 하시는 것인가?'

마사키는 몸을 일으키며 한숨을 내쉬었다. 어찌됐건 내일 아침이면 이곳을 떠나야 했다.

선방을 나서서 거처하는 방으로 발걸음을 옮기면서, 마사키는 뜰의 꽃들에 눈길을 떨구었다.

"꿈이며 환상이 제아무리 괴이한 것이라 해도, 이곳에 만발한 꽃들의 아름다움만은 의심할 수 없구나. …… 그리고 내 발의 상처도. 아아, 오늘밤 달은 어찌 저리 아름다운가. 이토록 아름다운 달을, 그리고 그 아름다움만큼 불길한 달을, 이제까지 본 적이 없다. 붉다, 피가 밴 듯 붉다. ……어쩌면 오늘밤 꿈에는 뭔가 변화가 있을지도 모르지. ……아니, 변화가 있어야만 할 터. ……뭔가, 반드시……"

창백한 뺨 위에 조용히 손을 댔다. 차다. 거기에는 조금 전의 흙 냄새가 아직도 희미하게 남아 있는 것만 같았다.

*

—기대가 높아질수록 잠은 점점 멀어져만 갔다.

마사키는 초조한 마음에 머리를 긁적이다가 결국 이불을 차내고 일어나 앉았다.

열기 오른 초조감이 잠의 마을로 가는 길을 막아버렸다. 더 이상 뒤척거리며 잠을 청하기도 허망했다. 마사키는 한동안 자신의 생각을 골똘히 뒤적이며 잠이 찾아오기를 기다리기로 했다.

이불 호청이 희뿌옇게 떠올라 보였다. 서녘 창으로 훤하게 달빛이 새어들고 있다.

"달인가……"

마사키는 달빛에 눈을 주었다. 그리고 누가 불러내기라도 하는 듯 일어서서 짚신을 신었다.

방문이 조금 열렸다. 뜰에 가득 찬 달빛은, 향주머니의 끈을 막 풀어헤친 듯 문 틈새로 들어와 마사키를 감쌌다. 땀에 젖은 팔이 얼음 조각처럼 창백하게 빛난다. 어지럼증에 비틀거리며 문을 활짝 열고 뜰로 나선 순간, 우뚝 멈춰 섰다.

현실이라는 이름을 붙이기가 의심스러울 정도였다.

깊고 푸른 하늘에 구름 한 점 없었다. 거기에 어스름 달무리를 두른 옥거울 달이 휘영청 걸려 있었다. 달은 여전히 기이한 붉은빛을 뿜으며, 이제 황금빛 이외에는 어떠한 색깔도 받아들이지 않겠다는 듯 빛났다. 달을 중심으로 별들이 제각기 자리잡고, 밤은 저 건너편까지 가득 찬 눈부신 달빛을 어둠 한 겹으로 차단해보지만, 무수하게 뚫린 작은 구멍들 틈새로 내다보듯 별빛이 일대에 반짝이고 있었다.

산은, 범상치 않은 이 휘황한 빛 속에서 어둠에 몰락하지 않고 형태를 유지하며 종이그림처럼 솟아 있었다. 능선은 종이를 손으로 정성들여 떼어내 만든 듯한 희미한 이내를 거느리고 부옇게 떠올랐다. 산의 깊이를 감춘 그 간결한 모습은 마사키를 향해 다가올수록 점점 어둠에 녹아들며 홀연 사라졌다가, 이윽고 바닥에서부터 느닷없이 솟아올라 눈앞에 무성한 물참나무 숲에서 그 모습을 바꾸는 것이다.

뜰은 뒤쪽에 자리잡은 숲의 비호를 받으며, 안개비처럼 은은히 쏟아지는 달빛을 맘껏 향유한다. 색깔이 선명한 난이며 창포꽃은 터져날 듯 꽃잎을 펼쳐, 공들인 손질을 마치고 마침내 모습을 드러내려는 찰나의 자개장식처럼, 어둠 속에 떠올라 있다. 철쭉의 푸른 잎은 한창 자란 제 가지를 조심스레 감추면서, 흐드러지게 핀 꽃의 찬연한 색깔에 배반당하는 것을 즐기고 있는 듯하다.

찻잎은 번들거린다. 무꽃은 수도 없이 피어 있다. 활꼴로 늘어진 수많은 벼이삭은, 밝혀진 어등(魚燈) 밑 그물에 걸려 펄떡펄떡 뛰어오르는 고기떼처럼 보이고, 마사키를 향해 뻗은 벼 잎은 그 물고기떼가 튀어오르면서 흩뿌리는 비말(飛沫)이었다. 뜰에 자라는 잎사귀며 꽃이, 어느 하나 빠짐없이 기이할 만큼 큼직큼직하고 살집이 탐스럽다.

초목은 깊이 깊이 달빛에 젖어 있다. 지금이 한밤중이라는 건 틀림이 없었다. 그러나 그조차 의심스러울 만큼 일대가 훤하게 빛나고 있었다. 소리 하나 없이 가득 차오른 정적이 괴괴하다. 거센 시간의 흐름은 바로 이 순간에 멈추어, 뜰에 있는 모든 것들의 성장을 가장 극점에 올려놓은 채 그대로 유지하려 안간힘을 쓰는 듯하다.

마사키는 깊게 숨을 삼키며 걸음을 옮기기 시작했다.

작은 배가 어지럽힌 수면처럼 정적이 조용히 갈라지면서 천천히 그의 발자국 뒤에 꼬리를 달고 있다.

어디로 가겠다고 작정한 걸음은 아니었다. 그저 설렁설렁 걷다보면 단잠도 찾아와주리라는 생각에 내민 발길이었다. 꽃들의 아름다움에 취해 더 활짝 피어 있는 쪽으로 천천히 발을 옮기다 보니, 어느 틈엔가 선방 뒤쪽, 그 작은 암자 앞에 서 있었다. ─마사키는 그곳에 이르러서야 비로소 자신이 어디에 있는가를 깨달았다.

이곳에 와본 것은 물론 처음이었다. 처음 얼마 동안은 노승과의 약속을 지키고자 애써 다가가지 않으려 했었다. 그러던 것이 어느 틈엔가 당연한 일이 되어, 약속 그 자체는 거의 의식 밖으로 물러서 있었던 것이다.

암자 주위에 생활의 흔적은 거의 찾아볼 수 없었다. 수북이 자란 잡초가 허리께까지 무성하다. 창문 하나 없는 암자의 벽을 담쟁이넝쿨이 뒤덮고 있고, 그 담쟁이 그늘에 물기 많고 살이 풍성한 과실열매가 조롱조롱 매달려 금수의 눈동자처럼 빛을 발하고 있었다.

그런데 그 고색창연한 풍정이 어딘지 모르게 그리움을 불러 일으켰다. 이상하게 이전에 수없이 드나들던 곳만 같았다.

마사키는 소리나지 않게 풀을 조심조심 밟으며 천천히 앞으로 나아갔다.

한 번도 보지 않은 노파의 모습이 뇌리에 스친다. 이제까지 이곳으로 발길을 돌리지 않았던 것은 노승과의 약속을 지키기 위해서라기보다는, 노파에 대해 순수하게 연민의 정을 품은 탓이었다. 그 고독한 생활에 최소한 파문이나마 일으키지 말자고 생각한 탓이었다.

그런 마음은 지금도 변함이 없다. 노파의 모습을 엿보고 싶다는 생각 따위 꿈에서조차 하지 않았다. 그런데도 발길은 한 걸음 한 걸음 암자를 향해 다가간다. 자신을 경계하고자 하는 마음이, 무언가 커다란 힘에 의해 덜컥 막혀 발동되지 않는다.

'어쩌면 이것도 비뚤어진 육욕의 말로인가?'

조금 더 들어가 암자 뒤켠에 이르렀을 때였다. 마사키는 무슨 소리가 들려오는 것을 느끼고 퍼뜩 몸을 감추었다. 문이 열리고, 안에서 사람이 나오는 기척이 들렸다.

'스님이신가?'

그늘에 숨어 귀를 세우고 신경을 집중했다. 마른 흙을 밟는 발걸음 소리가 들려온다. 가녀린 발걸음, 노승의 발걸음이 아니다. 한 발 디딜 때마다 조심스럽게 잠깐씩 틈을 두는 것이 겁에 질려 주변을 둘레둘레 살피는 모습을 그대로 전해준다.

'……아니, 아니다. 스님이 아니야.'

마사키는 곧 그것이 노파의 발걸음 소리라는 걸 알 수 있었다. 견딜 수 없는 마음에, 절로 몸이 움츠러들었다.

너무나 가련한 울림이었다. 마사키는 그 순간 자신의 비정함을 새삼 혐오했다. 병든 노파는 노승의 눈초차도 꺼려 이렇게 밤이 이슥해지기를 기다렸다가 비로소 주저하면서 방을 나서는 것이다. 인적 드문 심산 외로운 절에서, 햇빛도 달아나는 어두운 방에 틀어박혀, 그저 조용히 죽음이 찾아오기만을 기다리는 노파. 그녀는 햇빛 아래로 나서는 일일랑 일찌감치 포기했을 것이었다. 그저 밤마다 달을 바라보는 것만을 조그만 행복으로 삼고 있었을지 모른다. 그토록 조심하는 노파의 모습을 장난삼아 훔쳐보는 소행은 얼마나 천박하고 잔혹스러운 짓인가.

마사키는 불현듯 음울한 생각에 사로잡혀, 허리를 구부린 채 걸어온 길을 되짚어 돌아서기 시작했다. ─그때 홀연, 다시금 자신이 산중에 쓰러져 있던 때의 생생한 광경이 엄습해왔다.

환상의 밤은 어느새 현실의 밤과 뒤섞여 하나의 밤이 되었다. 마사키는 정신을 차린 기억조차 없이 어느새 암자 곁에 서 있는 자신을 보았다. 그리고 언뜻 옷고름 푸는 소리가 등 뒤편에서 날아와 귓전에 스치는 것을 느꼈다.

몸을 부르르 떨며 뒤를 돌아보았다.

그 희미한 소리가 갖가지 기묘한 일들을 한꺼번에 삼켜버리고, 옷과 함께 스르르 풀려버렸다.

'노파가 아니다. 절대로 노파가 아니야. 아아, 그렇지. 이 작은 암자, 이 풍경. 어째서 나는 여태 깨닫지 못했을까!'

수많은 언어가 한꺼번에 마사키에게 밀어닥쳤다. 뒤이어 옷이 바닥에 떨어지고 짚신 벗는 소리가 들렸다.

마사키는 두세 번 크게 숨을 내쉬었다. 다음 순간, 더이상 견딜 수 없는 욕망에 튕겨지듯 암자 그늘에서 건너편에 눈을 던졌다.

'아아!'

—소리가 되지 않는 탄식이 흘러나왔다. 법열(法悅)이 바람에 불려온 꽃가루처럼 일순 가슴에 퍼져나갔다.

*

의심할 것도 없었다. 건너편 달빛 아래 보얗게 빛을 뿌리고 있는 것은, 수많은 밤을 두고 거듭 꿈꾸어왔던 여인의 벗은 몸이었다.

고통과도 같은, 미칠 듯한 환희의 분류가 둑이 무너지듯 몸속을 휘돌았다. 마사키는 무언가 다른 아픔으로 그것을 확인하지 않고는 견딜 수 없다는 듯 오른손으로 가슴을 세게 쥐어뜯었다. 심장의 고동이 높이 울린다. 턱을 내밀고 헐떡이듯 숨을 몰아쉰다. 여인의 하얀 목덜미는 달빛에 비쳐 눈꽃같이 떠 있다.

여인은 마사키에게 등을 돌리고 천천히 머리에 손을 올렸다. 여린 손가락들이 맵시 있게 가야금을 뜯듯 가만히 머릿결을 쓰다듬어 올린다. 손 틈으로 머리칼 몇 줄기가 흘러내리자, 그것마저 말끔히 쓸어올리려고 두 팔꿈치가 나비의 날갯짓처럼 크게 흔들린다.

기억은 내달리고, 여인은 그것을 우아하게 재현했다. 단 한 군데도 꿈과 다른 점이 없다.

이윽고 여인은 한쪽 무릎을 세우고 앉아, 어깨 위에서 가만히 물을 끼얹는다. 여인의 뽀얀 등에 맑은 물이 흐르고, 적셔진 등에 달빛이 흐른다.

마사키는 이마의 땀을 훔쳤다. 정신이 나갈 듯한 공포감은, 여인의 흐르는 듯한 움직임에 차례차례 씻겨나간다.

여인은 조용히 고개를 숙였다. 그러자 빗어올린 머리 위에서 한순간 머리핀이 반짝 빛났다.

마사키는 그 순간, 자신을 여인에게서 멀어지게 했던 건 다름아닌 이 머리핀이 아니던가 하는 생각이 들었다. 꿈속에서, 머리핀만 떨어지지 않았다면, 꿈은 끝을 맺지 않고, 이윽고 여인이 뒤를 돌아보지 않았을까. 모든 것이 꿈과 한군데도 다르지 않은 지금, 단 하나 자신을 배반하고 여인의 얼굴을 영원히 감춰두려는 것이 있다면, 그것은 분명 머리핀, 여인의 머리에서 '떨어지는' 머리핀이리라.

달은 여전히 휘영청 밝았다. 그윽한 정적 속에 단지 여인의 몸에서 듣는 물방울 소리만 톡톡 땅을 두드린다.

마사키는 짚신과 발바닥 틈에 새어든 흙을 땀으로 적시며, 이 제 곧 맞이할 순간으로 생각을 내달렸다.

물바가지를 놓고 여인은 천천히 일어섰다. 마사키의 시선은 머리핀을 쫓는다. 여인의 목이 갸웃하니 기운다. 머리가 봉긋 부풀어오른다. 핀이 흔들린다.

— 다음에 일어날 일은 의심할 여지도 없었다. 여인이 목을 옆으로 돌리자, 반짝 빛을 내며 핀이 떨어진다. 여인의 풀어진 머리가 공중에서 춤춘다. 여인은 머리핀을 집어든다. 더이상 기다릴 수 없어 마사키는 일부러 발을 굴렀다. ……그 기척에 여인이 막 돌아보려는 찰나, 그 얼굴이 드러나려는 순간. — 돌 연, 마사키의 눈앞은 컴컴한 어둠에 부닥쳤다.

"다카코, 어서 안으로 들어가거라."

……마사키는 자신의 두 눈을 한치의 틈도 없이 덮어버린 누 군가의 손을 떼어내며 앞을 바라보았다. 여인의 모습은 이미 사 라지고 없었다.

돌아보니, 엔유가 서 있었다.

*

가눌 길 없는 분노감에 마사키는 목소리를 높였다.

"스님, 이게 대체 무슨 일입니까? 저 아름다운 젊은 아가씨가 스님께서 말씀하시던 나병의 가련한 노파란 말입니까?"

"……"

"당신은 지독한 속승이요, 여인네를 감춰두기 위해 연민의 정을 이용하다니! 도대체 왜, 어째서…… 아, 알 수가 없군요. 하지만 그렇게 아무 말씀도 안 하시는 게 낫습니다. 노파가 아니라는 걸 안 이상, 암자 안에 들어가 내 눈으로 그 여인의 얼굴을 확인할 때까지!"

달려가려는 마사키에게 노승은 조용히 말했다.

"가서는 아니 되오."

"안 된다구요? 안 된다 하시는 겁니까? 더이상 어떻게 스님의 말씀을 믿어야 될까요? 어떤 귀를 가지고 그 말씀을 들어야 좋을까요? 저는 이젠 어떤 말씀도 믿을 수 없습니다. 절대로 믿을 수 없어요!"

감정이 격앙된 마사키는 엔유의 제지를 뿌리치고 문 앞으로 뛰어갔다. 그 순간, 소리가 들려왔다.

"오지 마세요!"

여인의 말소리가 화살처럼 정적을 꿰뚫었다.

"아아, 제발 오지 마세요. 스님의 말씀을 따라주세요. 스님은 당신께서 생각하시는 그런 분이 아닙니다. 저는 당신과 만날 수가 없답니다. 저는……"

여인은 참을 수 없는 듯 오열을 터뜨렸다. 격정에 스스로를 잊었던 마사키는 그 애절한 울음소리에 당황했다.

"왜, 어째서지요? 당신이 나를 알지 못한다 하시오? 나를 알지 못한다고? 아니, 그럴 리 없어! 나는 알고 있소, 오래전부터 당신을 알고 있소. 당신이야말로 매일 밤 내가 꿈에 보아온 사람, 오늘까지 그리워 애태우던 사람! 나는 이곳에 온 날부터 계속 당신과 만나기를 기원해왔소, 뱀에 물려 이곳에 업혀온 그날부터. 아니, 어쩌면 그보다 훨씬 이전부터 나는 당신을 쫓아왔는지 모르오, 오직 당신만을! 그런데 지금 이렇게 현실이 되었소. 당신은 이제 환상이 아니오, 꿈 저편에 사는 사람이 아니오. 이 기적을 왜 기뻐해서는 안 된단 말이오?"

"제발, 제발 그만하세요. 더이상 말씀하지 말아주세요. …… 저도 당신을 알지요. 알고 있으니, 이 만남이 더욱! …… 저는 당신을 만날 수 없어요. 부디 스님의 말씀대로 산에서 내려가세요. 더이상 이곳에 머무신다면, 저는 당신을 원망하겠어요. 분명…… 지금보다 더……"

마사키는 말을 잃고 한동안 우뚝 서 있었다. 그리고 초조한 마음으로 뒤를 돌아보며 침묵만 지키고 있는 노승을 향해 비통한 소리를 질렀다.

"스님, 어쩌섭니까? 저는 모르겠습니다. 아아, 아무래도 모르겠습니다. 도대체 무슨 일인지, 처음부터 끝까지 전부!"

엔유는 침묵하고 있다.

"스님!"

"다카코를 더이상 괴롭혀서는 아니 되오. 선비는 내일 당장 이곳을 떠나주시오. 안 된다고 할 수 없소이다. 그것은 당신이 정할 일이 아닌 터."

절망감으로 마사키는 무너지듯 땅바닥에 두 무릎을 꿇었다.

엔유는 더 타이르려 하지 않았다. 밤은 고요하고 괴괴하기만 하여, 홀로 우는 여인의 애달픈 소리만 희미하게 울렸다.

아침은 아직 멀다. 암자 앞에는, 여인의 몸을 타고 흘러내린 물이 보름달을 띄우고 은은히 빛나고 있다. 대자리 끝에서 다시 한 방울 물이 뚝 떨어졌다. 수면이 조용히 흔들렸다……

*

다음날 아침, 날은 맑았다.

왕선악을 뒤로하고, 마사키는 도초를 지나, 그길로 소롯길로 돌아가지 않고 니시구마노 가도를 향해 발걸음을 옮겼다.

엔유와는 산비탈을 내려선 참에 헤어졌다. 마사키는 노승에게 정중히 인사를 드리고, 전날 밤에 무례에 대해서도 사죄하였다. 엔유는 아무 말 없이 고개 숙여 합장하였다.

산기슭의 묘지를 지나 오타니로 향하는 도중이었다. 짚신 끈을 다시 묶으려고 한쪽 무릎을 꿇고 가방을 곁에 내려놓는 순간, 홀연 예의 환상이 엄습해왔다.

뜻밖의 일이었다.

마사키는 그날까지, 자신의 몸에 일어나는 기묘한 현상을 모두 왕선악 산과 연결지어 생각하는 것으로 마음의 위안을 얻어왔던 터였다. 단지 뱀에 물리던 밤의 환영만이 아니었다. 여인의 꿈도, 눈이 어지러운 뜰의 변화도, 모든 것이 그 산으로 인한 것이라고. 그 산에 머물기 때문에 겪을 수밖에 없는 것이라고. 그 생각에 확실한 근거가 있었던 것은 아니었다. 그저 한꺼번에 밀어닥친 수많은 불가사의를 하나하나 이해하기가 너무 어려웠기 때문에, 무언가 하나의 커다란 불가사의에 의탁하고자 했던 것이다.

불가사의란, 사실과 비교될 때만 비로소 불가사의 아닌가. 벚나무에 매화꽃이 피면 불가사의다. 벚나무에는 벚꽃이 핀다는 사실이 있기 때문이다. 새가 땅을 파들어가고 두더지가 하늘을 난다면 불가사의일 것이다. 새는 하늘을 날고, 두더지는 땅을 파들어간다는 사실이 있기 때문이다. 그러나 그러한 개개의 사실을 애초부터 무의미하게 하는 하나의 커다란 불가사의가 존재한다면 어떨 것인가. 그때 인간은 개개의 불가사의를 이미 불가사의로 생각지 않으리라. 거기에서는 비교할 사실 그 자체가 성립되지 않기 때문이다.

마사키는 스스로 체험한 여러 가지 불가사의를 개별적으로 의심하는 데 지쳐 있었다. 그래서 모든 것을 송두리째 그 산의 탓으로 돌려버리려 했다. 개개의 불가사의를 하나하나 검증하고 긍정적인 결론을 끌어내기란 거의 불가능했다. 그렇다고 현상으로서 분명하게 일어나고 있는 이상 부정할 수도 없었다. 그래서 더욱 그 산의 불가사의 탓으로 돌리고자 애썼던 것이다. 산이 처음부터 개별적인 사실에 대한 '사실'을 부정한다고 하면, 어떤 일이 일어나건 그것은 이미 불가사의가 아닐 수 있기 때문이었다. 수많은 불가사의를 긍정하기 위해, 그저 하나의 불가사의를 믿어버리면 되는 것이다. 그것은 그리 힘든 일이 아니었다. 믿을 것인가 믿지 않을 것인가, 양자택일일 뿐이었다. 마사키는 믿는 쪽을 택하고자 했다.

그러나 그 커다란 불가사의에 의해 일어났을 한 개의 불가사의가, 지금 그곳에서 벗어나 전혀 다른 곳에 있는 마사키를 엄습해왔다. 그것은 모든 불가사의가 산의 주박(呪縛)에서 해방되었다는 것을 의미하는, 엄청난 일이었다.

마사키는 전율했다. 그리고 그 순간부터, 환상이 사라진 후에도 다리의 통증은 사라지지 않았다.

마사키가 여행을 단념하고 오타니에 머문 것은, 되살아난 다리의 통증과 때맞추어 싹튼 두통 때문이었다. 오타니에 도착하자마자, 마사키는 급작스럽게 열이 올라 그길로 여숙 한 칸 방에 드러눕고 말았다.

미열이었다. 그러나 며칠이 지나도 열은 전혀 내릴 기미를 보이지 않고 용태는 점점 나빠져가는 것 같았다.

식사는 거의 받아들이지 못했다. 육체는 나날이 쇠약해져가고, 이미 다 나았다고 믿었던 다리에서는 어느 틈엔가 농혈이 배어나왔다.

사흘 정도 마사키의 용태를 살피던 여숙 주인은 마침내 하녀들을 시켜 의사를 불러들였다. 마을에는 몇 년 전부터 두 명의 의사가 있었다. 차례차례 왕진한 두 의사는 무슨 병인지 모르겠다고 입을 맞추어 말했다. 병명조차 밝혀내지 못한 채 애매하게 진찰을 마치고는, 들어봤자 그리 마음 놓일 것도 없는 말투로 한마디 덧붙였다.

"그리 대단한 병은 아닌 듯하나, 한동안 이곳에서 안정하는 게 좋겠습니다."

마사키는 서남쪽을 향한 이층 구석방에서 요양했다.

손님이 많지 않아 모두 일없이 앉아 있었다는 듯이, 여숙 하녀들은 싹싹하게 온종일 그를 간병해주었다.

여숙에서 첫날 밤을 보내던 날, 마사키는 예의 환각과 더불어 여인의 꿈도 자신과 함께 산을 내려왔다는 것을 깨달았다. — 그러나 그 모습은 이전과 달리 아득하고 희미했다. 날이 갈수록 흐릿해지는 것 같았다. 더욱이 수면제를 복용하라는 처방을 받은 날 밤에는 짙은 잠이 두터운 안개 벽이 되어 여인의 앞을 가로막았다.

마사키는 점점 흐릿해져가는 여인의 아름다운 자태를 정신없이 뒤쫓곤 했다. 산속의 환영은 점점 더 빈번하게, 점점 더 긴 시간 베갯머리에 나타나 잠이 남겨준 현재의 시간을 조금씩 앗아갔다.

새벽녘 잠에서 깨어나면, 마사키는 번번이 방금 꾼 꿈의 여운을 끌어안고 희미한 잔월(殘月)을 바라보며 산속 암자에서의 나날을 떠올리곤 했다.

돌아보면 마치 하나의 긴 꿈만 같았다. 절간에서 맞이하던 저녁 무렵, 쓸데없이 자신을 우라시마 전설에 빗대어, 이제 자기가 있을 장소는 이 산밖에 없다고 생각하기도 했었다. 그러나 산을 내려온 지금, 다시 예전과 똑같이 당연한 듯한 시간 속에 살고 있다. 아니, 적어도 당연한 듯한 시간 속에 살고 있는 많은 사람들 속에 살고 있다. 그것이 마사키에게는 왠지 신묘하게만 느껴졌다.

'꿈이라 한다. 현실이라 한다. 그러나 그 어느 쪽도 결국 하나의 환상 아닌가. 나는 그날 밤 꿈에서가 아니라 현실 세계에서 분명히 여인의 자태를 지켜보았다. 내 몸, 내 육신의 이 두 눈으로 보았다. 그러나 돌이켜 생각하면, 그것 역시 하나의 허무한 환상이 아니었을까.

여인은 참으로 환상이라는 말이 어울릴 만큼 아름다웠다. 이 세계에서는 살 수 없을 아름다움이었다. 그러나 어쩌면, 황홀에 빠져 지켜보았던 것은 스님의 말씀대로 사실은 나병에 걸린 노파의 벗은 몸이었는지도 모른다.

노스님께 입은 은혜를 어떻게 잊을 수 있으랴. 냉정한 마음으로 생각해볼수록, 심산 저 멀리 아득한 곳에 계시는 그 모습은 더욱 고결하다. 스님이 참으로 그립구나. 흥분한 겨를에 속승이라 매도하고 대들었으니, 돌이켜 생각할수록 후회가 남는다.

그렇듯 고결한 스님이 거짓말까지 해가며 젊고 아름다운 여인을 감춰두고 있었단 말인가. 아무래도 믿을 수 없다. 하긴 살아 있는 부처라 일컬어지던 잇큐(一休) 선사도 숲의 여인을 두고 읊은 정숙하지 못한 노래가 있지 않은가. 그렇다면 여인이 있었느니 어쩌니 하며 법석을 피운 건 어차피 내가 선가의 깨달음에 몽매한 탓인지도 모른다.

그러나 아무래도 나는 납득할 수 없다.

다카코라 했던가. 그 다카코라는 여인의 자태가, 내가 꿈속 여인의 벗은 몸과 똑같다고 바라본 그 자태가, 스님의 눈에는 노파로 보였던 것일까. 험한 소리를 들으면서도 스님은 끝내 한마디도 자신의 거짓말을 변명하지 않았다. 스님은 나를 광인이라 생각하셨는지도 모른다. 가련한 노파를 쳐다보며 욕정을 불태우는 나를. 그렇다면 스님의 침묵은 나를 향한 연민이었던가. 아아, 그러나 무엇이건 관계없다. 아무러하건 상관없다. 그 여인이 젊고 아름다운 여자든 나병의 노파든, 대체 그사이에 어느 정도의 차이가 존재한다는 건가. 애초에 그것이 환상이라면, 나는 내가 본 환영을 믿을 뿐이다. 그 아름다운 음성으로 내게 건넸던 말을 믿을 뿐이다. 당신을 알고 있습니다, 라던 그 말을.'

장마철에 들어서기 전 더욱 극성해지는 더위에, 마사키의 괴로움은 가중되었다. 가슴팍은 항상 땀에 흠씬 젖어 있고, 이마에 대는 수건은 수없이 갈아대도 곧바로 빈사상태의 작은 동물처럼 미지근한 무기력에 빠져버렸다. 입에 넣는 것이라고는 보리 섞인 멀건한 흰죽뿐이고, 그나마 대부분은 토해버려 가슴에는 갈비뼈가 뚜렷한 물결을 그리고 있었다.

꿈과 환상은 점점 더 자주 나타났다. 그즈음은 하루 중에 의식이 확실한 시간이 오히려 짧을 정도였다. 마사키는 하녀들 앞에서도 몇 번인가 환상에 쫓겼다. 그사이가 마치 간질 발작과 비슷해서, 이것을 처음 목도한 한 하녀가 어쩔 줄 몰라 큰 소리로 주인여자를 부르는 통에 손님들까지 달려와 한바탕 소동이 벌어졌다.

"지금도 저는 무서워서 덮어놓고 주인아주머니를 불러대게 된답니다. 진짜 참말로 죽는가 싶기만 한걸요. 그치만, 다른 사람들은 이제 자주 봐서 괜찮다 합니다."

젊은 하녀에게서 그런 말을 듣고, 마사키는 그저 힘없이 웃었다. 이상한 환각에 쫓겨 몸을 떨어가며 괴로워한 것이라는 사실을 알고 모두들 재수없다고 생각하는 것보다는, 간질환자라고 착각하고 놀라는 편이 훨씬 낫다고 생각했던 것이다.

그러나 하녀가 이렇게 덧붙였을 때는, 마사키도 그저 웃을 수만은 없었다.

"그렇지만 너무 자주 그러시면 아무래도 불안해요. ……게다가 다리의 상처는 다들 걱정하는걸요."

— 정강이의 상처는 심하게 화농하여, 이제 지팡이 없이는 제대로 걸을 수조차 없었다.

마사키를 간병해주는 이는 하녀들만이 아니었다. 주인여자도 이따금 마사키의 방에 찾아와 용태를 묻고, 직접 땀을 닦아주며 숟가락으로 죽을 떠넣어주기도 했다. 깊숙이 들어앉은 또렷하고도 큰 눈, 가늘고 오똑한 고풍스런 콧날이 한창때의 아름다움을 떠올리게 하는 중년의 여인이었다. 주인여자는 가슴을 풀어헤친 마사키의 몸에 손을 댈 때면, 문득 자신의 남모르는 젊음을 만지는 느낌이 들곤 했다. 그것이 이제 은근한 기쁨이기까지 했다. 마사키가 오래 병을 앓으면서도 그리 천덕꾸러기가 되지 않고 여숙에 머물 수 있었던 것은 동정심도 동정심이었지만, 주인여자의 이런 은밀한 기쁨이 있었던 탓이었다.

여숙에 온 지 이 주일 가량 지난 날 밤이었다.

마사키는 그날 새벽녘, 제대로 잠에서 깨어나지도 못한 상태에서 예의 환각에 빠려들어, 그대로 오후가 될 때까지 한 번도 현실에 돌아오지 못했다. 발작은 노상 있는 일이기는 했지만, 이처럼 오랫동안 의식이 돌아오지 않은 것은 처음 있는 일이었다. 주인여자도 걱정이 되어 하녀들을 불러들인다 의사를 부르러 보낸다, 하며 지난번처럼 여숙이 한바탕 떠들썩했다.

달려온 의사는 진찰 도중에 몇 번이고 고개를 갸웃거렸다. 다시 한번 맥을 확인한 의사는 놀란 얼굴로 주인여자 쪽을 돌아보았다. 그 순간, 마사키의 눈이 불현듯 물방울 터지듯 번쩍 뜨였다. 하녀가 앗, 소리를 질렀다.

"아, 다행이다. 살아나셨네. 정신이 드셨어."

—마사키의 병상을 둘러싼 사람들이 저마다 안도하며 한마디씩 하였다. 마사키도 그 말들을 추임새 삼아 이유도 모른 채 따라 웃었다. 그러나 아직 그의 손목을 붙들고 있던 의사는 괴이하다는 듯 미간에 주름을 지으며, 지금 막 내뱉으려던 말을 조심스럽게 다시 삼켰다.

의사가 돌아간 다음에도, 마사키는 정신이 돌아오다 다시 끊기기를 되풀이하며 여전히 환각의 바닥에 빠져 있었다. 그러다가 저녁나절이 되어서야 겨우 정신이 조금 맑아져, 여숙 창을 통해 멍하니 밖을 내다보고 있었다.

매일 밤 열여드레 달, 열아흐레 달, 스무 날 달 세다보니, 오늘밤 달은 그림자조차 없이 이울고 말았다. 꿈속의 여인도 점점 더 아득히 희미해져 어린 시절의 기억처럼 드문드문 그 단편만 떠오를 뿐이었다.

마사키는 환상 속에서도 수없이 의식을 잃고 문득 꿈속에 들어서고, 그때마다 여인의 모습을 훔쳐보곤 했다. 정신을 차리고 눈을 뜨면 산속에 홀로 쓰러져 있다. 그 산속의 환상에서 다시 의식을 잃고 꿈속을 헤매다 정신을 차리고 눈을 뜨면, 이번에는 여숙의 방바닥에 드러누워 있곤 하던 것이다.

현실로 돌아올 때마다, 마사키는 그새 지나간 시간에 깜짝 놀라곤 했다. 환상 속에서 산속에 쓰러져 있었던 것은 언제나 기껏 몇 분 정도였건만, 정신을 차리고 보면 몇십 분, 몇 시간이 흘러가 있었다. 이제는 꿈에서 보낸 시간과 산중에서 보낸 시간과 현실의 시간이 실타래처럼 엉켜 제대로 구별조차 할 수 없었다.

'이런 생각에 빠져 있는 동안에도 나는 다시 퍼뜩 눈이 뜨이고 어딘가 다른 장소에 있는 걸 깨닫게 되는 건 아닐까. ―산속일까, 여인의 암자 앞일까, 아니면 아직 모르는 어느 먼 곳일까……'

욱신욱신 쑤시는 정강이의 통증에 한순간 얼굴을 찡그렸을 때, 장지문이 조용히 열렸다.

"아, 미안해요, 소리도 않고 문을 열어서. 이제는 한숨 드셨겠지 하고. 잠을 깨우지 않고 살짝 어떤지나 보려고 왔는데."

"아뇨, 괜찮습니다."

주인여자의 말에 마사키는 가만 웃어 보이며 대답했다.

"몸은 좀 어떤가요?"

"예, 그만합니다."

"그래요? 낮에는 정말 걱정 많이 했어요. 아직은 안정해야 한다고 의사 선생도 이르시던데."

"폐만 끼치게 되어서 정말……"

"아녜요, 그런 맘에서 드린 말이 아니지요. 부디 여숙 일일랑 마음쓰지 말아요. 그러자고 여숙 경비도 미리 받았으니."

주인여자는 그렇게 말하며 밝게 웃어 보였다.

마사키는 고개 숙여 인사했다. 그리고 다시 창밖으로 눈을 돌리며 말했다.

"……역시 조금 힘들군요. 계속 앉아 있었더니."

주인여자의 도움을 받아 마사키는 자리에 누웠다.

천장을 향하고 반듯이 누운 마사키의 이마에, 물통에서 꺼내 막 짜낸 수건을 여자가 얹어주었다. 그 서늘함이 마침 불어온 밤바람의 시원함과 맞들어 마사키는 마음이 편안해졌다.

주인여자의 입이 가만히 열리는 소리가 들렸다.

"……선비님."

마사키는 눈을 떴다.

"좀 물어봐도 괜찮을지 모르겠네요."

아까까지 여자의 손에 들려 있던 촛불이 이제 베갯맡에서 빛을 뿜으며 조금 떨어져 앉은 여자의 얼굴을 희미하게 비쳐냈다. 마사키는 항상 변함없는 그 연한 화장에 마음이 끌렸다.

"무엇입니까?"

"저……, 선비께서 여기 오기 전에 왕선악 쪽에도 갔었다고 하던데……"

"예. 그런데 왜 그러십니까?"

"아니, 그리 대수로운 일은 아니고 그냥…… 그 산에서 뭔가 이상한 일을 겪지 않았나 해서요."

"……아뇨, 별로."

마사키는 뜻밖에도 마음에 짚이는 소리를 듣자 퍼뜩 놀라 일부러 신중하게 대답했다. 그때까지 마사키는 자기의 몸에 일어나는 기묘한 일들에 대해 남들에게 한마디도 내비치지 않았던 것이다.

"아, 그래요……"

주인여자는 이마 위로 몇 올 흘러내린 머리를 쓸어올리며 그런 말을 꺼낸 자신이 우습다는 투로 미소지었다. 그것이 마사키의 흥미를 끌었다.

"무슨, 맘에 걸리시는 일이 있으신가요?"

"아녜요, 그리 대단한 일은 아니지요. 선비님은 도쿄에 사는 분이니 이런 이야기를 들으면 시골 사람들의 미신이라고 우습게 여길지 모르겠네요……"

"미신이라구요?"

"음, 그런 종류지요, 필시."

"괜찮으시다면, 그 얘기를 제게 들려주십시오."

주인여자는 가만히 미소를 띨 뿐 여전히 망설이는 기색으로, 마사키의 이마에 올려놓은 수건을 집어들어 그리 더워지지도 않았는데 다시 냉수에 넣었다. 상쾌한 회향나무 물통 속에서 흰 수건은 은어처럼 헤엄쳤다.

"그러니까 그게……"

수건의 물기를 꼭 짜내고 단정하게 접어 다시 마사키의 이마에 올려주며 여자는 나직이 입을 뗴었다. 마사키는 몇 겹으로 겹쳐진 수건 위에서 가만히 이마를 눌러주는 여자의 손길을 느꼈다. 수건 끝에 매달렸던 물방울이 콧날을 타고 흘러내려 오른

쪽 눈 가장자리에 떨어졌다.

마사키는 여자의 손이 이마에서 떨어지기 전에 일부러 힘없는 목소리로 말했다.

"저도 하루 종일 누워 있자니, 밤에는 여간해서 잠이 오지 않습니다."

여자는 마사키의 말을 마침맞는 구실로 삼아 천천히 손을 떼며 말을 이었다.

"그러면 선비님이 잠들 때까지만 이야기하기로 하죠…… 좀 긴 이야기지만, 편안히 눈을 감고 들으세요. 듣다가 그냥 잠드셔도 괜찮아요."

그러면서 여자도 앉음새를 편히 고쳤다. 옷자락 밑으로 여자의 하얀 발이 얼핏 보였다.

*

"그럭저럭 벌써 이십오 년쯤 전의 일인가, 그러니까 내가 열대여섯 되던 때였을 거예요, 그렇죠, 한참 좋은 나이였지요. 그무렵은 폐불훼석이 한창이던 시절이라, 우리 마을에도 썰렁하니 난리 바람 같은 분위기가 퍼져 있었지요. 그때 우리 오타니 마을에서 저 건너 오하라로 가는 길에 작은 여숙 한 채가 있었어요. 지금도 똑똑히 기억이 나네요. 주인아줌마하고 하녀들이 몇 있었을 뿐, 주인아저씨는 신쿠로 돈 벌러 나가고 안 계셨지요. 요 근방에는 우리하고 그 집밖에 여숙이 없었으니까, 서로 퍽이나 친하게 지냈답니다. 나는 아주 쬐그마할 때부터 그쪽 여숙에 노상 놀러 가서 아줌마에게 떡이며 과자며 얻어먹곤 했지요.

그 여숙에 나하고 여덟 살 터울지는 언니가 있었어요. 다키(瀧)라는 이름이었지요. 나는 그 다키 언니를 항상 친언니처럼 졸졸 따라다녔어요. 그런데 그 언니는 정말 뭐라고 해야 할지, 보는 사람마다 깜짝 놀랄 만치 너무나 예뻐서, 근처 마을에서 다들 다키 언니를 한번 보려고 일부러 일삼아 여숙에 묵으러 오네 어쩌네 하는 소문이 퍼질 정도였죠…… 아니, 소문이라고 할 수만도 없었지, 실제 그런 손님도 있었으니까요. 나하고는 철들 무렵부터 참 많이도 같이 놀아주고 친동생처럼 돌봐주곤 했으니까, 그저 그만한 인물이라면 세월에 익숙해져서 얼굴이 예쁜지 어떤지도 모르게 될 것이련만, 웬일인지 거의 매일 얼굴을 마주치는데도 이따금 나도 퍼뜩 놀랄 정도로 아름다운 얼굴이었어요. 얼굴만이 아니었지요. 정말 어디를 놓고 봐도 귀한

집 따님 같았어요. 게다가 아주 조용하고 착하기가 이를 데 없어서, 나는 단 한 번도 다키 언니를 싫어해본 적이 없었지요.

……하지만 지금 생각해보면, 다키 언니에게는 그렇게 예쁜 만큼 어딘가 허망하달까 청승맞은 듯한 구석이 있었는데…… 그건 말하자면 몸이 약하네 어쩌네 하는 것과는 조금 다른 거였지요. ……뭐라고 할까, 나도 잘은 모르겠지만, 그런 느낌은 나만 가졌던 게 아니고 누구라도 그리 생각했던지, 개중에는 불길한 상이네, 재수없는 상이네, 심사 사나운 험담을 하는 사람도 있었지요.

다들 왜 그렇게 생각했는지, 지금도 잘 모르겠어요. 평소에는 유별나게 예쁘다는 것말고는 남하고 그리 다를 것도 없었는데. ……어쩌면 다키 언니의 피부가 너무 하얘서 그랬던가 싶기도 하고.

아무튼 다키 언니는 그런 사람이었어요. 이제 와 생각해보면 그런 특징 하나하나가 나중에 불쌍하게 죽어갈 조짐이었던 것 같기도 하고…… 이러고 앉아 다키 언니 얘기를 태연히 늘어놓고 있자니, 정말 마음 둘 곳 없이 적적하네요."

주인여자는 쓸쓸한 얼굴로 잠시 입을 다물었다.

마사키는 말없이 귀만 열어두었다. 귀에 들어오는 건, 이 근방에서 듣기 힘든 표준어 말씨였다. 거기에 도쓰카와 특유의 억양이 그대로 살아 있어, 귀에 낯선 울림이면서도 왠지 다정하게 젖어들었다. 마사키가 듣기 편하도록 심한 사투리를 피해 되도록 도쿄 말을 쓰는 듯했다.

방 안에는 촛불 빛이 조용히 흔들리고 있었다.

복도를 오가는 하녀들의 발걸음 소리도 들리지 않았다……

"그 다키 언니가…… 그래요, 막 스무 살을 넘어설 무렵이던가. 어느 날, 집을 나서서는 그대로 깜깜무소식, 돌아오질 않는 거예요. 그날 아침 일찌거니 객실에 꽂을 꽃을 꺾으러 산에 갔다는데, 무슨 까닭인지 밤이 되어도 전혀 돌아오는 기척이 없었다네요. 그러니 그쪽 집안 사람은 말할 것도 없고, 이쪽 우리 여숙이며 그때 묵고 있던 손님들까지 죄다 큰일났다 하고 한밤중에 관솔불을 켜들고 근방 일대를 샅샅이 찾으러 돌아다녔지요.

예, 물론 나도 갔지요. 달도 없는 어두운 밤이었어요. ……그때쯤에는 나도 제법 처녀꼴이 배는 참이었고, 하긴 아까 말씀드렸던 대로 겨우 열대여섯 무렵이었지만요…… 아무튼 애티는 벗은 참이라 다키 언니랑 하루 종일 얼굴 맞대고 노는 일은 점점 줄어들고, 조금 왕래가 뜸해졌었지요. 그래도 그 소식을 듣자마자 뭐, 아주 걱정이 되어서 안절부절못하고 울면서 어른들

128

틈에 끼어 찾으러 다니던 기억이 나네요."

……그때, 하녀가 불쑥 장지문을 열었다.

"아, 주인아주머니, 여기 계셨어요?"

"무슨 일이니? 기척도 없이 문을 벌컥 열고."

"오늘은 제가 당번인걸요."

마사키의 병이 악화되면서, 주인여자는 매일 밤 하녀들을 번갈아 올려보내 용태를 살피게 하곤 했다. 주인여자는 비밀스런 일을 남에게 들켜버린 듯 괜스레 마음이 편치 않은 표정이었다.

"여기는 괜찮으니, 오늘은 그만 쉬거라."

"……예, 죄송해요."

하녀가 물러가자, 주인여자는 어색해진 분위기에 미소를 지으며 말했다.

"제가 예의범절이 모자란 사람이라…… 모두 날 닮아 버릇이 없군요."

마사키는 고맙고 미안한 마음이었다.

"밤마다 제 병세를 살피러 와주곤 했던 모양이군요."

"아, 그거야 당연히 할 도리지요."

— 그 말뿐, 두 사람은 한동안 침묵했다.

잠시 후에 여자가 입을 열었다.

"어디까지 얘기했던가? 아, 그렇지. 다키 언니를 찾아 나섰다고 했지요. 그런데 그날 밤 결국 다키 언니를 찾아내질 못했어요.

그 다음날 꼭두새벽부터 전날보다 훨씬 많은 사람들이 모여 찾아다녔지만, 역시 행방이 묘연했어요…… 그러니 점점 좋지 않은 소문도 퍼지게 되었지요. 산신이 데려가버렸다는 둥 벌써 어디서 죽었을 거라는 둥…… 분명 아줌마가 마음고생 퍽 했을 거예요.

그런데 그렇게 찾으러 다닌 지 나흘째 되던 날 아침이었지요, 아마. 그래요, 달 없는 밤이 계속되다가 초승달이 살짝 얼굴을 내민 아침이었으니까, 꼭 세 밤 지난 후였어요. 글쎄 그날 아침 녘에 다키 언니가 아무 일도 없었다는 듯이 훌쩍 돌아왔지 뭐예요. 선비님이 올라갔다 왔던 그 산에서요."

"왕선악에서 말입니까?"

"예, 그래요. 그 왕선악에서요. 새벽부터 딸을 찾으러 나갔던 아줌마 일행이 우연히 발견했다고 하대요. 처음에는 그저 다들 좋아라고……"

"그럼 무슨 일이?……"

"그런데 그게, 암만해도 산중 깊은 곳에서 혼자 지독하게 무서운 꼴을 보았는지 어쨌는지 정신이 조금 이상해져버려서…… 아무튼 그날부터 다키 언니는 제정신이 아니게 되었지요.

사람들에 둘러싸여 여숙으로 돌아오는 다키 언니를 나도 설풋 봤는데…… 그 얼굴이라니, 몰라보게 말라서 핼쑥해진 것이, 전부터 그런 끼가 보여 소문이 좋지 않았었는데, 인제는 완전히 꿈결인가 환상인가 싶게 허깨비 같은 모습이더라고요. 지금도 그때 아침 해를 받던 다키 언니의 모습을 똑똑하게 기억하고 있지요. 정말 말로는 다 할 수 없는 모습이었어요. 죽도록 지친 모양새인데도 여전히 아름답기 이를 데 없는…… 내가 그때의 언니 모습을 특히 잊지 못하는 건 그날 본 게 마지막이었기 때문이지요. 그후로 다시는 못 봤어요…… 게다가 그때 언니가 날 돌아보면서, 야스코, 커다란 뱀이, 아주 커다란 뱀이 말야…… 그러면서 웃어 보이는 거였어요. 묘하기 짝이 없는 게 바로 그 뱀 이야기였지요. 나는 소름이 오싹 끼쳐서 나도 모르게, 뭐라고? 라고 되물었지요. 그때 다키 언니의 눈자위가 불그레하게 물들고 당장이라도 눈물을 쏟을락 말락 하면서도 미소를 지으려 하니, 정말 뭐라 말할 수 없이 가련하고 아름답게 빛납디다.

아줌마는 다키 언니 입에서 뱀이라는 말이 나오자마자 당황한 듯이 허둥지둥 사람들 틈을 가르고 언니를 집 안으로 끌다시피 데리고 들어가버렸지요."

주인여자는 조금 사이를 두었다가 문득 생각난 듯이 마사키의 이마에 댄 수건을 집어들었다.

"시원한 걸로 바꿔드려야지."

물수건 짜는 소리가 들린다. 초저녁부터 창밖에서 한창 울어대던 개구리 소리가 그 자그만 소리에 펄쩍 놀랐는지 갑자기 뚝 끊긴다. 어느 먼 곳에선가 두견새는 아직도 울고 있다. 여자가 손의 물기를 털어내려 물통에다 손가락 끝을 가볍게 튕긴다.

수건을 다시 이마에 올려주며 여자가 물었다.

"이제 그만 쉬실래요?"

"아뇨, 그 다음 이야기를."

마사키는 여자의 얼굴을 올려다보았다. 여자의 눈가에 우수가 안개처럼 서려 있다. 잠시 마사키를 바라보던 여자가 가만히 고개를 주억거리더니 천천히 입을 열었다.

"내가 두 번 다시 다키 언니를 보지 못하게 된 건, 우리 아버지 어머니가 문병이고 뭐고 다 관두라고 하시고, 절대로 그 집 근처에는 얼씬거리지도 말라고 아주 된 다짐을 놓아서였지만,

그 집에서는 또 그쪽대로 다키 언니를 일절 집 밖에 내놓지 않았던 탓이었지요. 이건 나중에 알게 된 얘기인데, 다키 언니는 산에서 돌아온 날부터 자기가 뱀의 아이를 품었다고, 똑 그렇게만 우기고 그걸 철석같이 믿고 있었다는 거예요. 처음에 자기를 찾아낸 사람들을 만나자마자부터 줄곧 그 말만 해댄 모양이니, 아마 나한테 말하려던 커다란 뱀이 어쩌네 하는 것도 분명 그 이야기였을 것 같아요.

그런데, 그렇게 반은 정신이 나간 딸이 너무나 불쌍하고 애달파서 집에 가둬두었나 하면, 그게 또 그렇지도 않았어요. 그거야 그런 마음도 있었겠지만, 그보다 더 큰 이유가 있었던 거지요. ……정말 묘하기도 한 이야기지만, 얼마 후엔가부터 다키 언니의 배가 참말로 점점 불룩해지더랍니다.

소식을 듣고, 신쿠에 돈 벌러 나갔던 아저씨도 한달음에 돌아오셨지요. 물론 아저씨도 아줌마도 뱀의 자식이니 뭐니 하는 말을 믿을 턱이 없었지요. 그저 다키 언니가 정말로 애를 배고 있으니, 어쩐지 그 말하고 딱 들어맞는 것 같아서…… 하지만 그건 말도 안 되는 소리지요. 분명 어디서 굴러먹었는지 모를 못된 사내에게 강제로 끌려가 노리갯감이 되었으려니 생각했겠지요. 아무튼 애가 들어섰으니 필시 아비도 있을 터라, 다키 언니에게 이렇게도 묻고 저렇게도 묻고 갖가지로 물어봤답니다. 그런데 아무리 물어도 돌아오는 대답이라고는 항상 똑같았대요. 커다란 뱀이 노려보면서, 라나 뭐라나 하는 이야기였다는 거예요.

일이 이렇게 되니, 갈수록 딸은 불쌍하지 그 사내놈은 가증스럽지, 결국 아저씨까지 화병이 들었는지 어쨌는지 사람이 반은 미쳐서, 하던 일도 내팽개치고 다키 언니랑 같이 여숙 안에 틀어박혀버렸답니다.

아줌마네 식솔들은 다키 언니가 애를 가졌다는 이야기는 일체 비밀로 했지만도, 그 무렵 거기서 일하던 젊은 하녀가 여기저기 속닥거렸으니, 이 근방에서는 짜아하니 사람들 입살에 퍽 오르내렸지요. 그렇지 않아도 다키 언니의 자태가 특별하게 어여쁘기로 유명하니 관심거리도 그런 관심거리가 없었던데다가, 한동안은 사내란 사내들이 여숙 앞을 지나치기만 해도 아저씨가 무섭게 화를 내고 욕을 퍼붓곤 했으니까요. 네놈이 우리 애를 산으로 끌고 들어간 놈 아니냐고요."

"그러저러한 사이에 마침내 달이 차서, 다키 언니는 산파를 불러 여숙에서 아기를 낳았답니다. 그런데 그 아이가, 다키 언니하고 아주 똑 닮은 귀여운 여자애였다지요.

그때까지도 다키 언니는 여전히 마음 병을 못 고치고 시난고난했지만, 태어난 아기는 어쨌거나 그런 이상한 기미는 없었던 모양이에요.

아저씨도 아줌마도, 아이 애비를 생각하면 당장 잡아죽여도 시원찮을 터였지만, 막상 그 천진하니 웃는 아기 얼굴을 앞에 하고는 가슴이 턱 막혔던가봐요. 결국 둘이서 여숙을 꾸려가며 그 아기를 키우자고 마음먹었다지요."

"……지금도 그 여숙이 있습니까?"

마사키는 호기심이 강하게 일어 자기도 모르게 여자에게 물었다.

잠자고 싶은 마음은 전혀 들지 않는다. 낮에 그토록 오래 이어지던 환각도 지금은 이야기가 끝나기를 기다리는지 그림자를 감추고 있다.

현실은 졸졸졸 흘러간다.

"아뇨, 지금은 없어져버렸지요."

"없어져요?"

"예. 참말로 애달픈 일이지요……

아기가 태어나고 한동안은 별일이 없었어요. 그런데 어느 날, 태어나자마자 곧바로 따로 키워서 한 번도 못 보았던 아기를 다키 언니가 보게 되었던가봐요. 눈을 반짝 뜬 자기 애를 처음으로 본 다키 언니가 갑작스레 큰 소리를 지르며 날뛰더라네요.

그때 입에 담은 말이 참으로 무서운 것이었어요. 아기 눈을 보자마자 또다시, 뱀이 쏘아본다는 둥, 뱀의 자식이 어떻다는 둥, 그런 말을 마구잡이로 외치면서, 무섭다고, 무서워 죽겠다고 울어대더래요.

어찌어찌 아줌마가 달래고 얼러서 가라앉힌 모양이었는데…… 다키 언니는 그날 밤 늦게 혼자 집을 나가서는 절벽 끝에서 도쓰카와에 몸을 던져버렸어요.

불그스레한 빛을 띤 커다란 보름달이 뜨고, 무척이나 더운 밤의 일이었지요……"

여자는 천천히 시선을 돌려 창밖을 바라보았다. 아까부터 개구리 소리에 섞여 희미하게 강물 흐르는 소리가 들리고 있다.

마사키는 제 귀를 의심했다. 더욱 귀기울이니, 그 소리의 깊은 안쪽에서 호반조 우는 소리도 들려온다.

'도쓰카와인가!'

……그러나 이곳에서 도쓰카와까지는 너무나 멀었다.

마사키는, 입을 다문 채 생각에 빠진 여자에게 말을 붙였다.

"개구리는 매일 울어대지만, 오늘은 개구리 소리에 섞여, 물새인가요, 웬 새가 꽤 울어대는군요. 근처에 강이 있습니까?"

여자는 이상하다는 얼굴로 마사키를 돌아보았다. 그러고는, 글쎄, 라며 애매하게 웃어 보였다. 마사키는 전율했다. 지금 여자가 지은 이상하다는 표정은 얼마 전에도 마주한 적이 있었다. 그리고 그 일을 떠올림과 동시에, 이 강물 소리가 이미 오래전부터 자신이 잘 알던 소리라는 것을 깨달았다.

'이 물소리는 내가 산속 절집에서 들었던 그 물소리. 그때 이 소리에 대해 묻자, 엔유 스님도 이상하다는 듯이 미간을 찡그리셨어.'

그 순간 마사키의 입에서 '물결은 상아의 패물을 갖고 노니는 듯 일렁이누나'라는 시구가 절로 흘러나왔다.

마사키의 가슴팍에 촛농과도 같은 땀이 흘렀다. 여자는 그 시구를 알아듣지 못한 모양이었다. 여자는 고개를 숙여 마사키의 입께에 얼굴을 가까이 대고 물었다.

"예, 무슨?"

마사키는 당황해서 얼른 둘러댔다.

"그 다키라 하시는 분은 그래서……"

여자는 그제야 자신으로 돌아온 듯 조용히 말을 이었다.

"예, 그대로 세상을 떴지요. 글쎄, 오쓰로 근방까지 떠내려간 모양이었으니……

……그냥 사고였는지도 모르지요. 올해는 적은 편이지만, 원래 이 주변은 비가 많은 지방이고 그날 밤도 강의 물살이 원체 빨랐었으니까요. 마침 장마질 때였으니 더 그랬죠.

그러고 보니 생각나는 게 있는데, 그것도 마음의 병 탓이던 가, 다키 언니는 산에서 돌아온 이래 아무튼 쉴새없이 물을 마셔댔다 합디다. 옆에서 말리지 않으면 한 되건 두 되건. 아무렇지도 않게 다 마셨대요. 강에 빠진 그날 밤에는 평소보다 더 목이 마르네, 몸이 뜨겁네 했던 모양이에요. 강에 나간 건 그래서였다는 사람도 있지요.

하지만 아줌마네는 언니가 스스로 몸을 던졌다고 생각했지요. 낮에 그런 소동이 일어난 직후였으니까요…… 딸이 제 속으로 낳은 애를 보고 발광해서 목숨까지 잃었다 싶으니 그 맘이

오죽했겠어요? 그때까지 귀여워하며 키우던 애가 까닭도 없이 점점 섬뜩하고 오만 정이 다 떨어지고 그저 애물로만 여겨졌겠지요.

그래도 초상 치를 때까지는 꾹 참고 있었대요. 이 근방은 모두 토장들을 하니까, 다키 언니도 산 근처의 묘에 묻혔어요.

나는 하도 기가 막히고 슬퍼서 죽은 언니 얼굴도 못 보고 그저 울기만 했지만, 딸 보내는 아줌마 얼굴이 몰라볼 만큼 상해서 사람 꼴이 아니게 수척했던 것만은 지금도 기억이 나네요.

초상 다 치르고 나서도 아기는 계속 아줌마가 돌봐주었는데, 그게, 아주 심하게 다루었던가봐요…… 젖을 나눠 물려주던 이웃 사람이 차마 못 보겠어서 몇 번 말을 거들었다가 크게 말다툼을 한 적도 있었다니까요.

아줌마는 친하게 지내던 이들에게 그저 틈만 나면 아기 눈이 아주 무섭고 싫어서 견딜 수가 없다는 말을 하곤 했대요. 보고 있으면 가슴이 찢어지는 것 같다, 먹은 게 턱 걸린다, 라고요. 어째 그러냐고 다들 물었겠지요. 그런데 그게 아무래도 딸이 그리 불쌍하게 죽은 것 때문만은 아닌 것 같았어요.

나도 확실히는 모르지만, 마침 그 무렵 여숙에 머물던 어느 행려승이, ……그렇지요, 이 근처에는 이따금 수행 마치고 행각에 나선 스님들이 들르곤 하죠. 그런데 이 스님은 그런 행려 승과는 또다른 스님이었던 모양입디다만, 아무튼 그 스님이 아기 눈을 보더니만, 살(煞)이 들었다고 했다는 거예요. 무슨 소린가 들어보니, 보기만 해도 그 쳐다본 사람을 상하게 하든지 죽게 하든지 하는 끔찍한 눈이 있다 하네요.

아저씨랑 아줌마는 미신을 그리 믿는 편은 아니었지만, 다키 언니 일도 있었고, 거기다가 아줌마도 시난고난 몸이 자꾸만 아프던 참이니, 그만 그 말을 덜컥 믿고 말았대요. 그래, 그 스님에게 엄청난 보시를 하고서 살을 떼준다는 경을 읊고 부적도 받고 그랬지요.

그래서 효험이 있었던가, 어쨌든 한동안은 아무 일도 없었어요. 그런데 두 해 정도 조용한가 했더니, 이번에는 급작스레 아줌마가 돌아가셨어요. 그 불쌍한 건 말로는 다 못 하지요. 다키 언니 일로 어느 하루 마음고생 안 한 날이 없었던데다, 원래 아줌마는 그다지 건강한 편도 아니었어요.

그런데 아줌마가 죽으니 이 세상 천지에 마음 붙일 데라곤 한 구석도 없게 된 게 혼자 남은 아저씨였지요. 아저씨는 아기를 쳐다보기도 끔찍해하면서 자기는 아직 죽을 수 없다고 난리를 치더니, 어디서 듣고 왔는지 늑대 가죽띠로 얼굴을 둘둘 감아버리면 살이 낀 사람도 그 살이 없어진다고 한다고, 그런데 그걸 어디서도 구할 수 없으니 어쩌냐고, 그저 매일 애를 태웠다지요. 그러다가 하루는, 늑대 가죽을 못 구할 것 같으면 그 대신 멧돼지 가죽이라도 괜찮을 거라며 그걸 구해와서는, 아기를 코하고 입만 남겨놓고 얼굴을 온통 둘둘 감아버렸어요.

참말로 사람의 마음이 착란을 일으키면, 생각도 못 할 끔찍한 짓을 하게 되지요. 그런데 그 즈음엔 마을에도 갖가지 소문이 나돌았으니, 그저 아저씨만 나쁘다고 할 수도 없었지요. 선비님처럼 학식 있는 분이 보자면 어리석기 짝이 없는 일이겠지만, 이런 산속 마을이고 보니…… 아무튼, 살이 들었다더라는 이야기는 물론이고 다키 언니가 산에서 제정신을 잃고 왔다는 이야기까지, 그건 분명 다키 언니의 얼굴이 너무 반반하니까 산신이 질투를 했다느니, 반대로 애를 배게 된 건 산신이 다키 언니에게 반해서 뱀으로 변신하여 교합했다느니 이러쿵저러쿵, 자다가 봉창 두드리는 얘기가 진짜처럼 퍼져서…… 다들 그렇게 숙덕거리는 속에서 아저씨는 뭘 어떻게 해야 할지 허둥거리다가 겨우 찾아낸 게 그런 무서운 짓이 되고 말았다고 보는 게 참말이지 싶네요.

마을에는 그저 말거리 삼아 그렇게 입을 까불고 다니는 이들도 있었지만, 모두가 그렇게 박정했던 것은 아니지요. 아직 어린 것이 그런 불쌍한 모습으로 거의 구경거리가 되다시피 하니, 어떻게든 애를 제대로 키우게 해야 한다는 옳은 소리도 나왔지요. 하지만 어떻게 해야 할 것이냐는 데에서는 얘기가 서로 안 맞는 거였어요. 아저씨를 설득해서 우선 얼굴에 둘둘 만 것부터 풀어줘야 한다는 건 대체로 모두가 같은 생각들이었죠. 그러나 원래 제정신으로 그런 일을 벌인 게 아니니 그런 아저씨를 어떻게 설득할 것이냐, 얘기가 거기에 이르면 서로 제 얘기만 분분하게 되고 말았어요.

다마키 산에 데려가 아기랑 함께 살풀이굿을 하자는 사람이 있었는데, 그 얘기는 그나마 그중 똑바른 편이었죠. 그중에는, 기가 막힐 노릇이지, 철이 더 들기 전에 두 눈을 뽑아버리자는 둥, 앞으로 살아봤자 좋은 꼴 못 볼 테니 어린것이 더 고생하기 전에 죽이자는 둥, 그런 험악한 소리를 하는 사람까지 있었답니다. ― 대부분의 사람들이 살이 끼었다는 소리에는 반신반의여서, 그런 괴상한 것이 있든 없든 얼굴을 그렇게 처매고 있는 것만은 당장 그만두게 해야 한다는 생각이었지요. 그런데 실제로 아무도 그걸 하려고 들지 않았어요. 이치로 따지자면 그런 거 있을 턱이 없다는 걸 알면서도, 다키 언니 일이며 아줌마가 급

작스레 죽은 걸 생각하면, 어쩌면 그게 사실일지도 모른다 싶은
마음을 지울 수가 없었던 게지요."

*

"그런 얘기가 오가던 중에, 어느 날 마을에 스님 한 분이 오셨
어요. 아뇨, 이 스님은 살이 끼었다는 말을 흘린 스님과는 다른
분이었죠. 그전에도 요 근처에 사시던 분이라는데, 아마 폐불
훼석으로 계시던 절이 타버리고 쫓겨나자, 그후로 어딘가 먼 곳
을 돌며 행각을 나섰던 모양입디다.

마을 사람들의 이야기를 들은 스님은 아저씨네 여숙에 찾아
가서 아기를 보셨답니다. 아저씨는 그때 스님의 태도가 의젓하
고 훌륭하니까 보통 분이 아니라는 걸 알고는 참말을 드리기가
부끄러웠던지, 얼굴을 둘둘 말아놓은 건 이 아이가 나병을 앓고
있기 때문이라고 느닷없이 거짓말을 둘러댔다지요. 남에게 전
염될까 무서워서 그랬다고요.

물론 나병에 그런 처방을 한단 소리는 들은 일도 없으니 누구
라도 당장 거짓말이라는 건 알 텐데, 스님은 무슨 맘을 먹으셨

던지 담담히 말씀하셨대요. 그렇다면 당신에게 전염되어도 큰일일 터이니, 이 아이를 내게 맡겨주면 어떻겠냐고요.

……그 말씀에는, 구경갔던 사람들도 어지간히 깜짝 놀란 모양이에요. 아저씨도 당황했던지 한참을 생각한 끝에, 결국 스님 말씀을 따르기로 했다지요.

그러나 간단히 애를 내주다니, 이건 그저 허투루 저지를 일이 아니라고, 마을에서 한때 이 이야기를 놓고 설왕설래했지요. 그러나 아무리 입씨름을 해봐도 누구 하나 막상 팔 걷어붙이고 나서서 아이를 돌봐주겠다는 사람이 없으니, 본인인 아저씨가 좋다고 하면 그걸로 좋지 않으냐는 식으로 이야기가 매듭지어졌지요. 그렇지만, 스님께 다짐은 받아두고 싶었나봐요. 아저씨가 지금은 제정신이 아닌 상태지만 나중에 마음이 가라앉으면 다시 손녀딸을 찾으러 갈지도 모른다. 그때는 아무 말 없이 돌려주기 바란다는 다짐이었지요. 스님도 좋다고 했다더군요. 그리고 나중 일을 생각해서 너무 멀리 가는 것은 곤란하다는 조건도 붙었던 모양인데, 스님이 그것도 좋다고 하셔서, 그러면 저기 보이는 산에 암자를 지어주자고 결론이 났다지요. ……마을 사람들 입장에서도 당분간 맡기는 것이라 생각하면 그리 박정한 이야기는 아닌 듯 마음 편하고, 왠지 자기들도 마음에 걸리는 구석이 있었던지라 스님 말씀대로 이참에 왕선악 숯가마 자리에 조그만 선방하고 아이가 기거할 암자를 지어서 거기서 살게 하자고 한 것이지요.

……지금 생각하면, 폐불훼석이 끝난 지 얼마 되지도 않은 터에 새로 절을 지었다는 게 이상한 얘기지만, 그때는 아무튼 그 아이 일을 정리하는 데만 모두 정신이 없어서.

한동안은 음식이며 옷가지를 대주러 사람들이 산에 오르곤 했지요. 마을에서 십시일반으로 거둬들여 한 삼사 년 이어졌던 가. 그러던 게 점점 발길이 끊기고…… 그 아이가 꽤나 똑똑해서 아직 여숙에 있을 때부터 일찌감치 말문이 트여 어린애 말이나마 제법 말도 잘하더니만, 산에 올라간 뒤로는 스님이 가르쳐주셨는지, 어찌나 똑똑하니 말을 잘하게 되었던지 이따금 마을 사람이 찾아가면 암자 안에 든 채로 문밖에 선 마을 사람에게 이것저것 마을 일을 묻곤 하더랍니다. 그러니 그 꼴을 보기가 너무 불쌍해서…… 게다가 겨울에는 산에 오르기도 여간 힘든 일이 아니고, 애당초 이곳 마을 사람살이가 그리 여유 있는 것도 아니어서, 스님이 마을 사람들에게 받은 볍씨니 채소씨니 자잘한 것들을 심어서 당신 손으로 두 사람 먹을 거리를 장만하게 되고부터는 자연히 산에 오르던 발길도 끊겨버렸지요.

선비님은 어찌 그리 인정머리도 없는 사람들인가 하겠지만, 아저씨도 무심했지요. 마을 사람들은 자기들의 얼마 안 되는 식량이며 옷가지를 아껴가며 산에 보내곤 하는데, 아저씨는 처음 딱 한 번 가본 후로는 끝내 발걸음을 하려 들지 않았으니까요. 그리고 처음부터 이 일을 그리 탐탁하게 생각하지 않은 사람들도 적지 않았지요. 나중에는 꼬박꼬박 다니던 이들까지 이리저리 핑계를 대곤 해서. 한참 지나 문득 깨닫고 보니, 벌써 몇 달째 아무도 산에 가보지 않았더라고요. 아무도 안 갔더라는 게 또 이유가 되어서, 이제는 영영 아무도 가는 사람이라곤 없게 되었지요.

……그래, 오 년이야 십 년이야 세월이 흐르니, 이젠 사람들이 아예 그 근처에도 안 가게 되었지요. 그 동안에 아이를 만난 사람은 아무도 없어요. 대신 안 좋은 소문만 들려옵디다. 산 근처에서 유령을 봤네, 뭔가 귀신 같은 것을 만났네, 그리고 이건 좀 다른 이야기인데, 덴추구미의 낙인(落人)이 숨어 산다든가…… 젊은 사람들 중에는, 다키 언니 일은 알지도 못하는 사람들도 있는데, 소문은 많이 들어서 그 딸이라면 상당한 미인일 것이다 하고는 젊은 혈기로 옛 산길을 더듬어 훔쳐보러 가는 자도 있었지요. ……그런데 어찌된 까닭인지 모두가 가기만 하면

길을 잃는답디다. — 반대로, 한창 나이가 된 그 여자아이가 이
를테면 선비님같이 젊고 훌륭한 사내가 지나가면, 사람이며 동
물들을 요술로 다루어서 산으로 끌어들여 제 것으로 해버린다
는 소문도 있고……

　한 팔 년 전이던가요, 동네를 싹 쓸어가다시피 한 대홍수가
났지요. 그때 사람이 퍽 죽어나갔는데, 그 속에 아저씨가 끼
어 있었다는 소식을 듣고, 마을에는 분명 버림받은 딸이 복수한
것이라는 둥 당치도 않는 말을 하는 사람도 있었지요. 우연히
도, 그 큰비가 내리기 며칠 전에 마침 다키 언니가 죽던 날 밤하
고 똑같이 불그레한 기가 도는 섬뜩한 보름달이 둥실 떠 있었다
니까, 더욱 그렇게 생각했었던가봐요……"

　주인여자는 마지막 이야기를 혼잣말처럼 중얼거리며 깊은
한숨을 내쉬었다. 그러곤 서글픈 표정에 가만히 웃음을 담으며
말했다.

　"나도 사실은 어디까지 믿어야 좋을지 모르겠어요. 다키 언
니 일이라면, 그야 같이 자라다시피 했으니 잘 알고 있지만도,
그 뒷이야기는 거개가 어른이 되고 나서 여기저기서 얻어들은
것들이지요. 우리 아버지 어머니도, 그렇게 다정하게 지내던
이웃 언니가 산에 끌려가 노리갯감이 되었네 어쩌네 하는 이야

기는, 열대여섯 된 나한테는 들려줄 수 없는 얘기라고 생각했었겠죠.

그러니까 내가 들은 이야기도 세월이 흐르면서 갖가지로 꼬리가 붙고 옆가지를 친 모양인지, 말하는 사람마다 조금씩 얘기가 달랐지요. 이를테면 살이 끼었다는 이야기를 한 스님하고 아기를 데려가준 스님이 같은 분이라는 사람도 있고, 산에 올라가 한 해 지날 무렵에 벌써 두 사람이 함께 사라졌더라는 사람도 있고…… 실은 이야기를 듣고 몇 번인가 나도 산에 올라가봤지만, 번번이 길을 잃고 말았어요. 그 스님이 산다는 곳에는 무슨 수를 써도 더듬어갈 수가 없었지요. 벌써 몇 년이나 지난 이야기지만……

이 사람 저 사람에게 들은 이야기를 꿰어맞추고, 또 그때 당시 내가 직접 보고 겪은 일들을 조금씩 되살리면서 어찌어찌 앞뒤나 겨우 맞게 지금 선비님에게 한바탕 이야기를 풀어봤네요. 그러고 보니 처음부터 끝까지 전부 이야기해본 건 처음이네요. 이 근방 사람들은 그리 입에 담고 싶어하지 않는 이야기라서…… 옛날 일을 떠올리자니, 이것도 저것도 다 마음에 걸려서 나도 모르게 선비님 몸 괴로운 것도 잊고 오래도 떠들었네요……"

주인여자가 이야기를 마치자마자, 마사키는 더이상 견딜 수
가 없어 몸을 일으켰다.

　"아주머니, 그 여자아이의 이름이 혹시……"

　며칠을 두고 지붕 위에 내린 눈이 제 무게를 못 이겨 처마를
타고 미끄러져 떨어지듯, 마사키의 이마에서 하얀 수건이 뚝 떨
어졌다.

*

"예, 그렇지요. 다카코라는 이름이지요. 그런데 선비님이 어떻게 그 이름을?"

— 잠시 주인여자의 얼굴을 멍하니 바라본 후에, 마사키는 다시 자리에 누웠다.

"아뇨, 그저 우연히……"

여자는 마사키의 손에 들린 수건을 집어들며 말했다.

"갑작스레 벌떡 일어서시니, 그 이름을 꼭 아는가 했어요. — 하지만 그런 깊은 산속의 일이고 보니, 지금은 어찌 사는지…… 벌써 어딘가 다른 터를 잡아 옮겨갔을지도 모르지요.

어쨌거나 이런 이야기, 언젠가는 아무도 아는 사람이 없게 되겠지요."

"……그렇겠지요."

마사키는 고개를 끄덕이는 대신 천천히 눈을 한 번 깜빡였다.

여자는 마사키의 이마를 짚어보며 말했다.

"아직도 열이 있는가보네. 이제 물도 다 식어버렸으니 바꿔 올게요."

……눈을 감은 마사키의 귓전에 방바닥을 밟는 여자의 발걸음 소리 하나, 둘, 셋. 장지문이 얌전스럽게, 여자의 가는 허리가 뇌리에 떠오르게 아주 조금만 열렸다.

복도에 나선 여자는 작게 기침을 했다. 죽비를 한 번 내려치듯 맑고 좋은 소리였다.

*

"아래층에 내려가보니 마침 귀한 것이 와 있어서……"

쟁반을 한 손에 들고 돌아온 주인여자는 장지문을 열다 말고, 잠시 방 안의 이변에 눈이 둥그레졌다.

방 안에 마사키의 모습이 없었다.

"측간에 가셨나?"

문을 열기 위해 쟁반을 든 손에 함께 쥐었던 촛불을 다시 빈 손에 고쳐들고 앞을 비추었다.

얇은 홑이불이 아무렇게나 내동댕이쳐져 방바닥에 춤추는 듯 보인다.

여자는 이상하다는 듯 고개를 갸웃했다. 방구석에는 벗어던 진 잠옷이 있다. 그러나 여자는 그것까지는 알아차리지 못했 다. 다시 시선을 돌리자, 베갯머리에 짐꾸러미가 그대로 놓여 있는 것이 보였다. 여자는 비로소 마음이 놓였다. 갑자기 쟁반 이 더 무거워지는 것만 같았다.

방 안에 들어가 쟁반을 내려놓고, 치마 끝을 단정히 여며 똑 바로 앉았다. 쟁반에 놓인 것은, 오늘 처음으로 핀 월하미인(月 下美人)이라는 하얀 꽃이었다. 몇 년 전에 오사카에서 온 손님 이 두고 간 것을 오늘까지 이곳에서 잘 키워온 것이다.

여자는 밤바람에 떠도는 그 향기를 맡으며 서글픈 한숨을 내 쉬었다. 그리고 어딘가 먼 곳을 바라보듯 바로 눈앞의 꽃을 바 라보았다.

아까부터 여자의 마음속은 말할 수 없는 슬픔으로 가득 차 있었다. 기억을 헤집자, 수많은 추억들이 되살아나 서늘하게 가슴에 퍼져갔던 것이다.

　여자는 지금까지 다키라는 여인의 이야기를 남에게 말한 적이 없었다. 별로 말할 기회가 없었기도 했다. 그러나 기회가 있었다해도, 아마 그런 이야기를 제 쪽에서 일부러 꺼내지는 않았으리라. 우선 그 이야기를 끝까지 다 해낼 자신이 없었다. 고인에 대해 이야기하는 것은, 그 사람을 저편으로 멀리 떠나보내는 것이다. 어쩌면 그 사람이 저편으로 멀어져갔다는 것을 서둘러 인정하는 박정한 짓인지도 모른다. 그것이 여자에게는 불가능했다. 적어도 불가능하다고 생각해왔다.

　그런데 마사키에게 그걸 들려주면서, 여자는 뜻밖에도 이야기가 '막힘없이 술술' 풀려나가는 데 스스로 놀랐다. 이따금 시골 사람들의 맹신을 변호도 해가며 순서에 맞게, 아무튼 마지막까지 이야기를 매듭지었다는 게 신기하기만 했고, 마음 한구석에서는 어쩐지 경박한 일을 한 것같이도 생각되었다.

　사실 그립기만 한 다키 언니의 모습은 이제 진짜로 멀어져버린 것만 같았다. 그 자리에, 그새 잊고 있던 슬픔이 새롭게 솟구친 또다른 슬픔과 어우러져 가슴을 꽉 채워 마음을 어쩌지 못하겠는 것이었다.

여자는 꽃에 드리워진 조락(凋落)의 그림자에 눈물이 핑 돌았다. 장난삼아 집게손가락으로 가만 건드리니, 꽃은 몸을 흔들며 앙탈부리는 듯한 몸짓을 한다.

아름다운 것이란 어차피 오래갈 수 없는 것이라고, 여자는 자신의 마음을 향해 속삭였다. 그리고 '야스코, 커다란 뱀이 말이지……' 라고 말하던 다키 언니의 얼굴을 떠올렸다. 자기도 모르게 눈물이 툭 떨어졌다.

잠시 후에야, 여자는 창가에 걸어두었던 마사키의 옷이 없어졌다는 것을 깨달았다. 그리고 비로소 내팽개쳐진 잠옷도 깨달았다.

여자는 부르르 몸을 떨며 뒤를 돌아보았다.

촛불이 스스로를 다 사르지도 못하고 조용히 꺼졌다.

*

핏물이 밴 발을 질질 끌며, 마사키는 가까스로 왕선악 산 초입에 들어섰다.

여숙을 나와 이곳까지 하냥 달렸다. 지팡이를 내던지고 왼쪽

다리를 괭이처럼 땅에 찍어가며 달렸다.

　오타니 마을은 이미 멀어진 지 오래이다. 맑디맑은 침묵. 주위에는 그저 짚신이 흙을 차내는 소리와 헐떡거리는 숨소리만 울려퍼진다.

　"산에서 내려올 일이 아니었어!"

　우뚝 서 있는 나무들 틈새로 하늘을 올려다보았다. 달의 자태는 없다. 그러나 마사키의 눈에는 그 휘황하던 빛이 지금도 눈부시게 비치고 있다. 눈동자에 그대로 뚝뚝 떨어져 선명한 금빛으로 물들일 듯 비치는 달. 대지의 빛을 송두리째 빨아올려 스스로의 몸에 그러모은 듯한 그 넘치는 빛. 아득히 멀리, 차디차게, 그 누구 하나 그곳에 이를 수 없다는 것을 알면서도 그것을 아는 만큼 더욱 은밀하게 사람들을 유혹하는 잔혹한 빛. 수없이 없어져도 다시 수없이 살아나는 빛. 끝도 없이 많은 비밀을 감춘 빛…… 그 환상의 옥거울 같은 달이야말로 참으로 지금 마사키가 손에 넣으려 하는 꿈의 여인, 그 여인의 돌아선 뒷등이었다. 한적한 이 산 깊은 곳에서 여인은 홀로, 죽음을 부르는 두 눈동자를 요요하게 빛내고 있다. 나비가 날갯짓을 하듯 천천히 깜빡이며, 이제나저제나 기다리는 그가 어서 오기를, 기다리고 또 기다리며.

마사키에게는 그 모습이 또렷하게 보인다. 저편 어둠 속에 꿈의 선명함 그대로 생생하게 떠올라 있다.

산속을 정신없이 내달렸다. 수북한 잡초를 거칠게 밀쳐내고 나무 사이를 가르며 계속 달렸다. 앞으로 나갈수록, 나무는 점점 더 무성하고 잡초며 가시나무는 짚더미처럼 쌓였다. 나뭇가지가 짚신을 뚫고 발바닥을 찌른다. 풀어헤친 가슴팍에는 나뭇잎이 와 붙는다. 소매 밖으로 튀어나온 두 팔뚝에는 수없이 상처가 그어지고 먼지투성이의 땀이 뜨거운 물처럼 배어난다.

숨이 한층 가빠졌다. 무리하게 삼킨 마른침이 목줄기에 덜컥 걸려 한동안 숨을 쉴 수 없다.

산은 들개 떼처럼 집요하게 쫓아온다. 아무리 떨쳐내도 그의 말라빠진 정강이를 붙들어 땅속 깊은 곳으로 끌어당기려 한다. 마사키의 얼굴은 고통에 뒤틀린다. 다리의 상처에서 벌써 많은 피가 흘렀다. 여숙에서 주인여자의 이야기를 들으면서 마사키는 죽은 다키라는 여인을, 그리고 그녀의 불쌍한 모친을 떠올리기에 앞서, 쓰러져 누운 자신의 시체를, 볼썽사납게 입을 헤벌리고 여인의 희고 아름다운 발치에 쓰러져 누운 자신의 시체를 상상했다. 그 순간에 느낄 지복감(至福感)을 생각했다. 마구 내달리면서, 마사키는 자신을 그렇게 달리게 하는 그 어둡고 불길한 충동이 기이했다. 육체의 저 깊은 곳에 가라앉은 정열의 둑을 깨부수고 그 분류를 온몸에 퍼뜨린 거센 충동이 기이했다.

'나는 죽기 위해 달리고 있는 것인가?'

어지럼증이 엄습할 때마다 마사키는 스스로에게 물었다.

오래도록 그 여인을 사랑하고 흠모해왔다. 그러나 이토록 격렬하게 그 모습을 원한 일은 없었다. 그것은 주인여자의 이야기를 듣고, 여인의 눈동자가 죽음을 담고 있다는 것을 믿은 때문이다. 그 눈동자가 불화살처럼 날카롭게, 뜨겁게, 자신의 목숨을 꿰뚫어주리라고 믿은 때문이다.

'그 여인에 의해 죽는 것이 나의 바람이란 말인가?'

스스로에게 물었다. 그리고 이내 머리를 거세게 흔들었다. 그렇다면 여인의 얼굴을 볼 수만 있다면 그 눈빛에 찔려 죽어도 좋다고 체념한 것인가? 그것도 아니다. 마사키는 죽음을 피할 생각은 털끝만큼도 없다. 아니, 오히려 치열하게 원하고 있다. 여인을 손에 넣고도, 그 이후에도 생이 계속 이어지다니, 그것은 마사키가 가장 두려워하는 일이다. 여인과 죽음, 그 둘 다를 한 찰나에 반드시 손에 넣지 않으면 안 된다.

'죽기 위해 달리는 게 아니다, 절대 그렇지 않다! 그 순간, 내 목숨이 끊기려 하는 그 순간, 태어나서 지금까지 끝내 알 수 없었던 생의 절대적 순간, 그 순수한 한 점의 순간을 사는 거다. 행위가 온전히 봉헌되는 그 순간, 다가올 미래에 침식당하지 않는 그 순간…… 그것을 내게 줄 이는 다카코. 그 여인을 나는 사랑한다. 더할 수 없이 사랑한다. 세계에는 사랑하고자 하는 정열만 있을 뿐이다. 사랑받고 싶다는 바람은 결코 정열이 아닐 터! 나는 그 정열을 모조리 쏟아부어 지금 여인 곁으로 가려 한다. 그 눈동자를 보려 한다…… 내 정열은 어디까지나 내 것이다. 이 사랑이 성취되는 순간, 나는 기필코 내가 나이면서 내가 아니기를 간절히 원한다. 여인과 하나로 결합되기를 간절히 원한다. 그러기 위해 나는 지금 이대로 나 자신이어야 한다. 그녀의 눈을 마주할 때까지, 그 순간에 이를 때까지. 그래야 비로소 여인과 결합할 수 있을 터, 하나가 될 수 있을 터! 의심할 필요가 있는가. 아니 결단코 없다, 내 마음에는 티끌만큼의 의혹도 없다. 나는 그저 믿는다, 믿고 있다!'

숨이 끊길 듯 끊길 듯하면서도 마사키는 한 걸음 한 걸음 나아갔다.

귓전을 스치는 미풍은 어느새 강물 소리로 바뀌어, 그 깊은 바닥에서 호반조 울음소리가 울려온다. 그것이 묘하게도 여인의 음성과 겹쳐 들린다. 마사키는 그날 끝내 거부의 말밖에는 듣지 못했지만, 그 음성이 지금은 물을 찾아 우는 환상의 새소리와 어울려 강하게 그리고 분명하게 자신을 불러들인다는 확연한 느낌이 있었다. 앞길을 인도해주는 듯한 뚜렷한 느낌이었다. 여인의 음성이 저 먼 곳에서 출발하여, 바로 귓전에서 속삭인다. 말이라 할 수 없는 소리를 이어가며, 그저 아득히 높은 곳, 자기의 곁으로 유혹하는 듯.

— 그러나 얼마 지나지 않아 덤불 숲을 벗어나자 앞길이 문득 끊기고 말았다.

마사키는 멍하니 그 자리에 섰다.

엔유의 안내를 받아 하산했던 날의 기억을 더듬어 이곳까지 그저 정신없이 달려왔다. 그러나 눈앞에 펼쳐진 칠흑의 어둠이 거대한 물결처럼 갈 길을 한입에 삼켜버린 것이다.

덤불이 얽히고설켜 길을 분간할 수 없을수록 마사키의 불안은 고조되었다. 그것을 억누르며, 어떻든 덤불 숲을 빠져나가기만 하면 되리라고 무작정 믿고 이곳까지 내달려왔던 것이다.

물참나무 숲은 무표정하게 울울창창 무성하다.

달리기를 멈추자, 발의 통증은 급작스럽게 더욱 심해졌다. 마사키는 견딜 수가 없어 땅에 무릎을 꿇었다. 틈을 놓치지 않고 엄습한 어지럼증이 야윈 두 어깨를 잡고 온몸을 그 자리에 찍어 눌렀다.

……부엽토 냄새가 콧전에 와 닿는다. 머리 위에서, 좀전까지 들리던 호반조 소리를 헝클어뜨리며 두견새가 울고 있다. 몸은 납처럼 무거워 다시 일으킬 수 없을 것 같다. 상처에서는 끊임없이 피가 흐른다.

의식이 몽롱해져갔다. 마사키는 저도 모르게 주먹을 꼭 쥐었다.

"……여기서 끝인가."

그때 순간적으로 눈앞이 혼미해지더니, 곧바로 시야가 또렷해져왔다. 그저 힘없이 눈동자만을 천천히 돌리던 마사키는 눈앞에 펼쳐진 광경에 눈이 휘둥그레졌다.

"내가……"

마사키는 예의 환상 속에 있었다. 처음 이 산을 헤매던 날과 똑같이 상처의 아픔에 헐떡이며 홀로 땅을 기고 있었다.

'아, 알 수 없다. 이대로 기다리면 늘 그랬듯이 다시 현실로 돌아가는 것일까? 눈을 뜨면, 수심에 찬 얼굴로 나를 지켜보는 의사며 하녀가 있는 것일까? 나는 그들의 걱정을 덜어주려 힘없이 미소지어 보이게 되는 걸까? 나를 둘러싼 그들의 눈에, 물가에 내려앉는 잠자리처럼 잠깐씩 시선을 맞추면서? 어쩌면 농담 한마디쯤 건넬 수도 있을까? ……아니, 어쩌면 이대로 의식을 잃고 스님의 등을 빌려 절 방의 긴 잠에서 깨어날지도 모르지. 아니, 여인의 암자 앞에서, 아니 도초로 넘어가는 길 위에서…… 아아, 그러나 알 수 없다. 나는 지금껏 이 광경은 그저 환상일 뿐이라고 믿어왔다. 그러나 실은 이 순간이, 이 광경이 현실인 건 아닐까? 이곳에 돌아온 때만, 이곳에 돌아와 피 흘리며 이렇게 쓰러져 누운 때만, 현실을 살았던 건 아닐까? ……아아, 알 수 없다, 모르겠어. 그러나 지난 시간이 어찌되었든 지금은 현실임에 틀림없다. 나는 분명히 내 발로 이곳까지 걸어왔다. 아픈 발을 질질 끌며. 걸어왔다고? 아, 분명히 그렇다. 그러나 그것조차 의심스럽구나. 내 발로 걸어왔다는 실감이란 게 무슨 의미가 있는가. 그런건 내가 현실을 살고 있다는 증거가 되지 못한다. 이 한 달 동안, 내가 아픈 다리를 끌고 걸었다는 실감과 똑같은 정도의 확신을 가지고 회상하지 못할 행동은 거의 아무것도 없다. 그런데도 지금 그 확신 하나하나를 잃어가고 있지 않은가. 아니, 그뿐만이 아니다. 내가 살아온 스물네 해라는 세월조차 송두리째 환상 속에 녹아버리려 하지 않는가!'

마사키는 가까스로 몸을 비틀어 다리의 상처에 손을 뻗었다.

슬쩍 건드리기만 해도 타는 듯한 격통이 전신을 훑었다. 뱀의 날카로운 이에 의해 지금 막 찢긴 듯 상처에서 선혈이 펑펑 솟는다. 상처는, 시간 속에 커다란 원을 그리며 다시 원래의 상태로 돌아가버린 것 같다.

'이 상처는 내 육체에 찍힌 낙인. 육체 그 자체처럼 허위에 찬 낙인이다!'

견딜 수 없는 고통에, 마사키는 수없이 땅바닥에 머리를 비볐다. 잔가지들이 얼굴을 찌르고 마른 잎이 귓구멍을 덮는다. 입술은 흙으로 더럽혀졌다.

'빨려든다…… 아주 깊이……'

내일을 기다릴 수 없었다. 마사키는 이미 알고 있었다. 자신의 목숨이 '이 밤'을 넘기지 못하리라는 것을.

발작처럼 헐떡거리는 숨결에 입가의 나뭇잎이 나부꼈다. 머리 위에서 나뭇가지들이 조용히 울고 있었다.

'이대로 죽는가.'

몸을 일으켜보려 했다. 그러나 힘이 사지 끝까지 닿지 않는다. 육체는 마사키에게서 떨어져 먼 곳에 있는 것 같다. 눈꺼풀이 자꾸 무거워지고, 눈을 감고 있는 시간이 차츰차츰 길어진다. 이제는 닫힌 눈꺼풀을 이따금 무리하게 한 번씩 밀어올려볼 뿐.

간신히 오른손을 들어 두 눈을 꼭 눌렀다. 눈꺼풀 안쪽에서 불꽃이 흩어지듯 반짝임이 인다. 문득, 여인의 벗은 등이 떠올랐다. 어둠을 겹겹이 덧칠하여 단단하게 굳힌 듯한 하늘 아래, 달은 그 굳기름 같은 어둠 위에서만 영롱하게 빛난다.

'바로 이 순간에, 여인이 뒤돌아 나를 보아, 그 눈빛으로 나를 쏘아, 죽음으로 이끌어주면 좋으련만.'

혼탁한 의식의 바닥에서, 마사키는 수없이 그렇게 기원했다. 그에게 남겨진 미미한 힘을 부르르 떨리는 손가락 끝에 담으며.

그러나 눈꺼풀 아래로 또 한 겹 눈꺼풀이 내려앉는 듯 반짝임은 점점 희미해져갈 뿐이다. 또 한 겹, 다시 또 한 겹……

이윽고, 눈두덩을 덮은 오른손이 소리 없이 땅에 떨어졌다.

*

얼마나 지났을까. 마사키는 눈꺼풀 너머로 환한 빛이 비치는 것을 느꼈다.

여인의 벗은 등이 반투명 막을 씌운 듯 희미하다. 빛은 더욱 광휘를 더해가며 감겨진 눈 위를 덮어온다. 묘하게 마음이 편안

하다. 부드러운 손길이 가만히 쓰다듬어주는 것 같다.

마사키는 자신이 '깨어났는가' 의심스러웠다. 머뭇머뭇 눈을 떴다. 작은 빗살 울타리 같은 속눈썹이 흐린 빛을 받으며 천천히 위아래로 갈라졌다.

부신 눈동자에 비친 것은, 마사키의 콧등 위에 날개를 접고 쉬고 있는 한 마리 나비였다. 금빛으로 반짝이는 비취빛 바탕에 선명한 붉은 무늬를 두 개 띄운, 그날과 똑같은 요려(妖麗)한 제비나비……

나비가 희미하게 빛을 뿜는 것 같았다.

마사키의 몸은 여전히 산속에 있었다. 그의 눈에서 어느 틈에 출렁이듯 눈물이 흘러넘친다.

나비는, 머리털 한 올을 반으로 접은 듯한 그 가느다란 발을 맵시 있게 움직이며 콧등을 지나 미간에 이르렀다. 지탱해야 할 몸의 무게를 가지지 않은 발이란 얼마나 무의미하게 아름다운가. 그 섬세한 감촉은 마사키를 기묘하도록 그리운, 아득한 추억으로 이끌었다.

"……아아."

왼편 눈가에 내려앉은 나비는 저절로 흘러나온 탄식에 놀라 자디잔 눈가루〔雪粉〕 같은 날갯가루를 흩뿌리며 날아갔다. 마사키의 눈이 그 뒤를 따라 위를 향하자, 그 겨를에 윗몸이 일어서고, 두 무릎이 틈을 놓치지 않고 몸을 받쳐주었다. 뜻밖에 다시 걸을 수 있을 것 같았다.

옆의 나무에 의지하여 겨우 몸을 일으키자, 마사키는 온몸의 피가 일제히 뇌리를 휘돌다 한 방울도 남김없이 그대로 사라져버리는 듯한 심한 현기증에 비틀거렸다. 붉디붉은 꽈리열매를 터뜨려 햇빛 속에 흩뿌린 듯 눈앞이 어지러운 빛들에 휩싸였다. 자기도 모르게 눈을 감았다. 일어서기 전에 보았던 풍경이 설핏 스쳐간다. 다시 눈을 뜨면, 한낮의 눈부신 빛. 그리고 그 끝없이 명멸하는 빛 안쪽에 희미하게 나비의 윤곽이 떠올랐다.

그 우아한 날개가 현실과 환상의 틈새를 누비며 날았다. 빛은 수렴되고, 색깔로 치장하고, 형태를 만들며 몽롱한 윤곽과 겹쳐졌다. 어둠은 한밤의 산속을 재빠르게 휘돌았다.

—나비가 인도해줄 것이다. 처음부터 길은 그 나비의 반짝이는 날개 아래에만 있었다.

마사키는 몇 번이나 땅에 두 손을 짚어가며 정신없이 그 뒤를 쫓았다. 이마를 훔치자, 마비되어가던 수많은 상처에 땀이 스민다. 피가 배인 오른팔은 나비가 흩뿌린 날갯가루로 금박을 입힌 듯 반짝인다. 뺨은 뜨겁게 달아오르고, 끊임없이 땀이 솟고

증발하면서 살갗은 한기에 휩싸인다.

　나비는 자꾸만 높은 곳으로 올라간다. 참나무 숲이 만든 문을 지나고, 무성한 젊은 나무들을 헤쳐 단 한줄기의 길을 보여주면서. 숨을 헐떡이고 고통에 신음하며, 마사키는 내달리듯 그 길을 더듬는다. 쇠약한 육체를 부정할 수는 없다. 그러나 상할 대로 상한 그 몸에 불가사의한 힘이 넘친다. 마사키는 지금, 살아 있다. 사랑하는 이에 의해, 그리고 아마도 그보다 훨씬 더 엄청난 어떤 거대한 힘에 의해!

　어둠이 걷혀갈수록, 마사키의 생각은 지난날을 향한다. 그때와 똑같은 이 산, 그때와 똑같이 나비를 따라 헤맸던 그날의 저녁노을을, 여숙에서 홀연 모습을 감췄던 노인의 옆얼굴을, 요시노로 사라진 여인의 양산을, 여행길에 나서기 전의 수많은 나날들을…… 그리고 오늘까지 살아온 모든 순간을. 시위를 떠난 화살이 지나치는 풍경만 같아 그 기억들을 따라잡을 수 없다. 단지 그 사이사이 떠오르는 다카코의 벗은 등, 보일 듯 말 듯 하던 그 옆얼굴만이 변함없이 언뜻언뜻.

　그저 마음에 떠오르는 것만은 아니었다. 마사키는 그 한 장면 한 장면을 육체의 눈으로 보고 있었다.

　산속 풍경은 차례차례 기억의 형상으로 바뀌고 또 풀리며 하나의 기나긴 환상의 연결이 되고 있다. 물체의 형태는 사라지고, 빛깔은 서로 녹아들었다. 눈앞에 어지럽게 뒤섞이는 현실과 기억을, 눈꺼풀이 한 번씩 깜빡일 때마다 되살아나는 깊은 숲의 풍경이 예리하게 도려낸다.

저 멀리 건너편에서 마사키를 끌어당기는 것이 있다. 또한 바로 등뒤에서 상처입은 발목을 단단히 쥐고 놓아주지 않는 것이 있다. 그 두 개의 힘이 마사키의 육체를 서로 빼앗으려 거세게 겨루고 있다. 그것은 결국은 똑같은 하나의 힘이다. 심연에서 서로 결합된 하나의 힘. 거대한 게가 작은 물고기를 붙잡아, 한쪽 집게로 머리를 잡고 또다른 한쪽 집게로 꼬리를 잡아 찢어져라 양쪽으로 끌어당기며 천천히 입으로 가져가듯, 마사키는 지금 그 두 개의 힘에 몸이 찢기며 서서히 심연을 향하는 것이다.

나비 날개의 붉디붉은 무늬가 한층 선명하게 밝혀졌다. 막 올려다본 그 시선의 끝에 암자의 고적한 그림자가.

*

길은 훤히 내다보였다.

울창한 나무숲을 넘어 희미하게 떠오른 그 한줄기 길이 점점 확실해져간다.

그리 먼 거리는 아니다. 그러나 얼마나 멀고 얼마나 힘든 도정(道程)인가. 그곳에는 응축된 무한이 길게 드러누워 있는 것이다. 이 세계의 갖가지 움직임을 삼켜들여 압축해놓은 듯한 농밀한 무한이 길게 드러누워 있다. 돛폭도 없는 돛단배를 저어가듯, 육체는 앞으로 나아가지 못한다. 눈짐작은 순간순간 그를 속이고, 거리는 한 찰나마다 고통을 통해서만 느낄 수 있다.

눈꺼풀은 점점 무겁고, 눈 한 번 깜빡일 때마다 세계는 양 갈래로 갈라져 그 밑바닥에서 집요하게 예의 현실의 광경을 드러내 보이곤 한다. 이제는 두 세계가 동등하게 마사키를 차지하여 그의 몸을 한순간마다 제 것으로 삼았다. 발을 질질 끌며 달린다. 깊은 숲 바닥을 기어간다. 변화는 아무런 제한도 없이 일어나, 서로의 잔상이 겹쳐 또다른 하나의 풍경을 만든다. 정강이의 상처가 심하게 욱신거린다. 눈을 수없이 끔적인다. 마사키는 더이상 자신이 어느 시간, 어느 장소에 있으며, 무엇을 하고 있는지, 갈라 짚을 수 없다.

나비의 모습은 이제 보이지 않는다. 그것을 깨닫자마자, 마사키의 눈앞에서 느닷없이 빗장이 풀리고 문이 활짝 열리듯 새로운 풍경이 펼쳐졌다.

마사키는 망연자실했다.

그곳은 분명 그 뜰이었다. 그러나 어디를 둘러봐도 예전의 모습은 찾아볼 수 없었다. 나무들은 모조리 잎을 떨구고, 꽃과 풀들은 시들고, 농작물은 사라졌다. 벌레들의 모습조차 보이지 않고, 그저 거미줄에 엉켜든 모기며 나방의 죽은 껍데기가 나뭇가지에서 늘어져 조용히 흔들리고 있을 뿐이다. 눈 닿는 곳마다 방자할 만큼 넘치던 생명의 분출은 조락의 뒤켠에 가라앉고, 이제 그 흔적조차 없다. 어둠만이 그곳을 안개구름처럼 뒤덮고 있다.

현기증이 다시 심해졌다. 이런 조락의 풍경을 바라보는 사이에도 마사키는 끊임없이 또하나의 풍경을 넘나들었다.

초조감이 쌓여갔다. 선방을 돌아보자, 정좌한 채로 잠든 노승의 모습이 눈에 들었다.

침묵이 밀물처럼 발치에 밀려들며, 숲 저 밑바닥의 정적과 결합하여 정강이의 상처에 배어든다. 마사키는 두려웠다. 그 고통이, 그 무어라 말할 수 없는 마음 아늑함이.

'나를 가장 깊이 침범한 것은 이 독, 바로 이 침묵이다.'

마사키는 일순 깨달았다. 어떠한 말, 어떠한 행동보다 강하게 마사키를 다카코에게서 떼어놓는 이 침묵. 다카코에 이르고, 다카코에게 머무는 것을 용서치 않는 이 침묵. 다카코와 함께 다카코를 뛰어넘는 것조차 용서치 않는 이 침묵. 그리고 마침내 마사키의 정열을, 다카코를 향한 그 사랑을 절대로 이루지 못하게 할 이 침묵……

머리를 저으며, 마사키는 힘껏 달려나갔다. 그것을 무너뜨리지 않으면 안 되었다. 당장, 이 순간에 무너뜨려야만 했다. 말로써가 아니다. 그저 내디딘 내 발 한 걸음으로.

뜰을 지나 암자에 다가갈수록, 마사키의 귓전에 진주목걸이처럼 방울방울 간절하게 이어지는 여인의 슬픈 울음소리가 들려왔다.

마사키는 부르짖었다.

"이젠 울지 말아요! 이렇게 돌아왔소, 당신을 만나려고. 단지 당신의 그 눈을 쓰다듬기 위해!"

여인은 울음을 그치지 않았다.

"왜 우오? 그 눈물은 나를 위한 것이 아니었단 말이오? 아니, 믿을 수 없어, 그런 말은 믿을 수 없소, 나를 부른 건 당신이오, 나를 이곳으로 이끌어들인 건 당신이란 말이오, 나는 이곳에 있소, 당신 바로 곁에 있어요, ……제발 그 방에서 나와 얼굴을 보여주시오, 그렇지 않으면 내가……"

마사키는 암자 입구 쪽으로 돌아가, 문에 거칠게 손을 댔다. 썩은 나뭇결이 힘이 담긴 손가락에 문드러져 흙덩어리처럼 땅에 떨어졌다. 그러나 문은 견고하게 닫힌 채 끄떡도 하지 않았다.

"아뇨, 오지 말아요, 오지 마세요. 아아, 제발 그대로 돌아가 주세요. 산을 내려가세요."

여인의 겁에 질린 목소리가 마사키의 행동을 제지했다. 마사키는 무리하게 들어서기를 멈추고, 암자를 돌아 소리가 들려오는 벽 앞에 섰다.

그리고 숨 쉴 틈도 없이 말을 건넸다.

"돌아가라구요? 이대로, 당신을 만나지도 못한 채? 아니, 안 되오. 그렇게는 할 수 없소. 어째섭니까, 왜 만나주지 않는 겁니까? 당신은 나를……"

"아아, 제발 더이상 아무 말도 하지 마세요."

"아니, 나는 이미 알고 있소. 당신의 태생도, 그 눈에 살이 들었다는 것도…… 그렇지만, 모든 것을 다 알지만, 상관없소! 그래도 나는 당신의 얼굴을 보고 싶소, 그 아름다운 얼굴을!"

"안 돼요. 그건 죄예요."

"왜? 어째서 그 얼굴을 보여주지 않는 거요?"

"저는 당신을 죽일 수 없어요. 아, 이런 말을 입에 담는 것만으로도 몸이 찢어질 듯 괴로워요."

"당신은 알고 있소. 그러면서 모르는 체하려 하오. 내가 얼마나 당신만 생각하는가를!"

"모릅니다!"

"당신으로 하여 맞이할 죽음이 내게는 조금도 불행이 아니라는 걸, 그걸 내가 얼마나 바라고 있는가를!"

말은 벽에 부딪쳐 유리처럼 산산이 부서졌다.

다카코는 할말을 잃었다.

"나에게는 더이상 시간이 없소. 금방이라도 당신에게서 멀어져가려 하오."

침묵이 등 뒤편으로 무겁게 밀려들었다. 바로 눈앞의 암자가 흐릿해진다. 눈을 뜨고 있어도, 숲에 쓰러져 누워 있는 광경이 물러서지 않는다.

마사키는 몸을 지탱하기 위해 벽에 두 손을 짚었다. 그 소리가 다카코를 놀라게 했다.

"아아, 괴로워요. 지금처럼 제 몸을 저주한 적은 없었어요. 당신을 이곳에 불러들이고 만 것이 너무도 괴로워요. 제 마음의 반은 제 것, 나머지는 무언지 정체도 모를 무서운 힘의 것, 누군가를 생각하면 만나고 싶어지지요. 아무리 멀리 있어도, 아무리 떨어져 있어도, 저도 모르는 사이에 그를 부르고 말아요. 제 마음이 원하는 것을 무리하게 이루어버리고 말아요."

"내 꿈에 보이던, 비할 데 없이 아름다운 그 자태로."

"하지만 꿈을 꾸는 당신도 제가 꾼 꿈일 뿐…… 제게는 꿈도 현실도 같은 것, 당신을 죽음에 이르게 한다는 것만은 분명하답니다. 아아, 그러니 부디, 부디 돌아가주세요."

"아니, 그렇다면 더욱더, 나 또한 꿈에서 당신과 만난 것이오. 나 또한 꿈도 현실도 똑같은 것."

"아니오, 당신은 나와는 다릅니다. 당신은 사람들 사이에 있어야 비로소 죽을 수 있는 분, 사람들의 기억 속에 남아야만 '죽음을 죽음으로 이어갈' 분."

"무슨 소릴! 상관없소, 그렇다면 나는 인간의 역사가 다 퍼올리지 못한 한 방울 밤이슬이 되리다."

"안 됩니다."

"나의 죽음은 이 땅이 알아주리다, 저 달이 알아주리다, 그리고 당신이!"

"아아!"

"그렇지, 내 목숨은 큰 바다의 파도가 밀어올린 물거품이 내쏘는 단 한순간의 반짝임이오, 거목에 무성한 잎사귀 한 잎에서 반짝인 찰나의 명멸이오. 언젠가 잃을 것이라면, 지금 이곳에서, 당신 앞에서! 더이상 생각할 것 없소, 당신이 나에 대한 추억을 생각할 때, 꿈꿀 때, 왜 내가 소생하지 못하겠소! 죽은 달이 다시 빛나기 시작하듯, 그때마다 나는 소생하오. 참되게 다시 태어나오."

"안 됩니다! 산을 내려가시면 다시 몇 번인가 마음 저릴 만남도 기다리고 있을 터."

"내려가면이라고요? 앞으로 일어날지 모를 일 따위에 대체 무슨 의미가 있소? 내일을 기약하고 이 한순간을 버리라는 거요? 그런 말은 듣고 싶지 않소."

마사키의 말투는 거세어갔다.

"내 사랑은, 제발 들어주시오, 내 사랑은 단 한 번 휘두른 검이오. 달군 불길이 그대로 남은, 거세게 달구어져 번쩍번쩍 빛나는 붉은 검이오. 그러나 이전에는 아름답게 장식된 칼집 속의 검이었을 뿐이오. 뽑아서 휘두르면 사람도 단번에 베었을 것이오. 그러나 헛되이 그것을 증명할 필요가 있을까, 검이라면 반드시 그 속에 죽음을 감추고 있을 터, 일격에 죽일 죽음을! 칼집의 매듭은 그저 한번 풀면 족하오, 베지 못한 검이라면 그저 그것으로 끝일뿐! 지금 나는 그 검을 뽑았소, 당신 앞에 뽑아 보인 것이오. 칼집은 일찌감치 내던졌소, 다시 집어넣을 수는 없어요! 당신은 그저, 그 칼자루를 쥐고 내 가슴팍에 서기만 하면 되오. 그리고 혼신의 힘을 담아 찌르면 되오! 깊게, 깊게, 저 먼 곳으로 뚫고 나갈 만큼!"

다카코는 흐느껴 울었다. 말은 마사키와 하나가 되어 있었다. 하나가 될수록 진실하고, 하나가 될수록 허무했다. 말은 스스로 찢어지고, 가루로 부서지고, 쉽게도 초월되었다.

그러나 그사이에도 침묵은 가득 차 넘치고 있었다. 암자가 멀리 희미해져가고, 마사키는 숲의 밑바닥으로 가라앉고 또 가라앉는다. 두통이 밀려온다. 벽을 짚은 두 손에서 시들고 말라빠져 버서석 부서지는 담쟁이넝쿨의 감촉이 점점 사라져간다. 정강이의 상처가 아프다. 목이 마르다.

모래사장에 건져올려진 해파리처럼, 마사키의 배 아래로 차디찬 물결이 배어든다. 파도가 다가왔다 사라질 때마다 조금씩 주변의 모래가 무너져가듯, 이윽고 몸뚱이가 땅속으로 삼켜져가는 것 같다. 밤은 짙다. 두견새가 소리 높이 운다. 초조감은 귓속에서 종을 난타하고 있다.

관자놀이에 맺혔던 땀 한 방울이 눈에 스몄다. 마사키는 고개를 들었다. 그리고 희미해져가는 의식을 눈앞에 뜬 달에 그러모왔다.

한 점 흐림조차 없이 눈부신 거울 같은 달 표면에 갖가지 풍경이 스쳐지나갔다. 마사키는 이제야말로 생생하게, 여인의 자태를 비춰낼 수 있었다. 그 머릿결을, 그 팔을, 그 벗은 뒷모습을.

그리고 오래도록 그리워하던 그 얼굴이, 그 두 눈동자가, 지금 막 거기에 나타나려는 순간, 뒤돌아보아 마사키를 관통하려는 찰나, ―어둠을 찢는 듯한 다카코의 음성이 울려왔다.

"아아, 이제 망설임은 없어요. 얼마나 당신을 그리워하는지, 얼마나 당신을 사랑하는지. 얼마나 오래도록, 아아, 그렇지요, 단 한 순간도 잊은 일 없이, 얼마나 깊이, 얼마나 고통스럽고 허망하게! ―처음부터 이루어질 리 없노라 체념했던 내 사랑, 그것이 지금, 이 무슨 기적인가요, 이루어지려 하네요, 당신은 목숨을 걸고 저를 사랑해주시네요!"

그녀의 말은 분명하게 와 닿았다. 마사키는 북받치는 눈물에 얼굴을 적시며, 시시각각 어둠 속에 가라앉는 건너편 달을 향해 말을 토했다.

"그렇다면 부디 그곳에서 나와주오. 나와서 그 눈으로 내 얼굴을 보아주오. 당신을 사랑하는 자의 얼굴을, 당신이 사랑한

자의 얼굴을, 똑똑하게, 분명하게! 당신은 그 기억과 함께 살아가면 되오. 그저 단 한 번 바라본 내 얼굴을, 눈동자를 생각하면서!"

"아니오, 어찌 당신만 죽게 할 수 있겠어요? 저 또한 이 순간을 잊고 싶지 않습니다. 당신과 함께 한 이 순간, 생애에 단 한 번인 이 순간을! 부디 저를 홀로 남겨두고 가지 말아요! 당신을 잃고, 어떻게 앞으로 긴 생을 이어갈 수 있겠어요. 어떻게 그 고통을 견뎌낼 수 있겠어요! 부디 가련한 제 눈동자를 보아주세요. 당신의 얼굴을 제게 보여주세요. 저는 당신과 함께 죽고 싶어요, 당신과 함께, 평생 단 한 번 사랑한 당신과 함께. 지금 그 곁에서!"

여인의 말에 마사키의 몸이 부르르 떨렸다.

"아아, 얼마나 기꺼운 말인가! 그렇소, 그것이야말로 나 혼자 속으로만 가만히 바라던 말, 간절히 원하던 말! ─이 순간에, 이 지복의 순간에! 나 또한 당신과 함께 죽음을 맞이하고 싶소, 그 곁에 다가가 당신과 함께! 아아, 그러나 원통하구나, 애석하구나, 이곳까지 왔는데…… 점점 다가오고 있소…… 이제 시간이 없는가…… 커다란 물결이 나를 삼키고…… 어둡다, 어둡구나…… 시간이 없어…… 달이 가라앉았어요……자, 어서,

제발 어서, 내게 그 얼굴을 보여주오, 이 어둠을 찢고 부수고, 그리고 그 눈동자로, 그 반짝이는 눈동자로, 나를 쏘아주시오…… 깊이…… 깊이…… 나를…… 모든 것을!"

*

……산꼭대기부터 아침 햇빛에 물들여놓은 해가, 이윽고 산과 산의 틈새를 벗어나 불쑥 떠오를 무렵, 선방을 나선 엔유는 짚신을 신고 홀로 다카코의 암자로 발걸음을 옮기고 있었다.

호반조가 뜰의 나무에 맺힌 밤의 잔재를 쪼며 쉼없이 울고 있다. 기다란 붉은 부리가 푸르스름한 새벽빛에 비쳐 선명하다. 나뭇가지가 흔들릴 때마다, 새는 잔걸음으로 통통 뛴다. 발치에는 마른 잎이 한 장, 지금이라도 떨어질 듯 매달려 있다.

밭에 날아들어 먹이를 찾던 참새 떼는, 노승의 기척에 놀라 일제히 날아올라 선방 처마며 암자 지붕 여기저기, 제 맘에 드는 곳으로 달아나 재잘재잘 지저귀었다.

평소와 다름없는 조용한 아침이었다.

뜰을 지나려던 엔유는 문득 발밑에 꽃을 피워올린 왜솜다리〔薄雪草〕에 시선이 멈추었다. 조락한 뜰 한가운데, 그 한 곳만 이상하게도 꽃이 남아 있었다. 이끼 낀 바위를 지붕 삼아 오종종 무리지어 핀 그 가련한 꽃 덤불은, 새벽녘의 상쾌한 공기를 마시며 꽃잎끼리 누가 더 선명한지 겨루는 듯했다.

마치 정갈한 꿈의 뒷자리 같았다.

암자 문간에 다카코가 쓰러져 있었다. 설핏 푸른 기가 도는 아름다운 도자기 같은 얼굴에 흐트러진 검은 머리가 몇 올 흘러 있었다. 입가에는 잘못 그려진 입술 연지처럼 한줄기 선혈이 흘러 땅바닥에 작은 얼굴을 만들었다.

엔유는 한동안 말없이 우뚝 서 있다가, 이윽고 한쪽 무릎을 꿇고 다카코를 양팔에 안아들었다.

망해(亡骸)는 햇솜처럼 가벼웠다. 엔유가 일어서는 순간, 처들렸던 다카코의 다리가 무릎이 툭 구부러지며 늘어지고, 턱이 하늘을 가리키며 입이 살짝 벌어졌다.

숲속에서 두견새의 울음소리가 들려왔다.

엔유는 걸음을 옮기기 시작했다.

조금씩 반짝임을 더해가는 햇빛이 다카코의 얼굴을 비추었다. 눈꺼풀은 단정하게 감겨져 젖은 속눈썹이 영롱하게 반짝였다.

몇 걸음을 걷다가 엔유는 멈춰 서서 크게 한 번 재채기를 했다. 그와 동시에, 팔 안에서 핏물에 얼룩진 백발 한 줌이 흘러내려 바람을 맞으며 조용히 흔들렸다······

다시 걸음을 옮기려고 발을 내밀던 노승은, 누가 부르기라도 한 듯 문득 뒤를 돌아보았다.

—그 순간, 다카코가 남긴 핏자국에서, 바라보기도 아까울 만큼 아름다운 한 마리 나비가 홀연 날아올랐다.

성(聖) 비극에 바쳐진 헌사

인간 의식의 바닥, 그 가장 깊은 곳까지 파들어가면, 어찌해
볼 도리 없이 데모니슈dämonisch한 부분이 있다. 인간은 그런
근원적인 것을 체험할 필요가 있다.

— 히라노 게이치로, 1998.7.21 교토신문 인터뷰 중에서

어렵다. 그렇지만 왠지 끌린다. 히라노의 충격적 데뷔작 『일
식』을 읽고 많은 독자들이 말했던 독후감이었다. 그런 솔직한
독후감을 대하면, 모른다고 하는 것이 작업 회피가 되는 이들의
독후감을 만나는 것보다 내심 반가웠다. 평론가가 아닌 것이 얼
마나 다행인가, 후유, 안도의 숨을 내쉬게 되던 것이다. 소위 번
역을 했다는 나는 평범한 독자들 쪽에만 물귀신처럼 매달리면

서, 무엇이 어찌되건 평론가의 입장에는 되도록 서고 싶지 않았다. 그만큼 그의 작품을 앞에 하고 당황하고 허둥거리는 마음이었다.

이런 '현상'은 일본에서도 마찬가지다. 일본의 독자들도, 잘 모르겠지만 뭔가 대단한 것 같다고 말한다. 수많은 비평가들의 평가는, 작품의 무대나 줄거리 혹은 문체에 대해 논하거나 누구누구와 비슷하다는 등의 탐색작업이 한창일 뿐 내용을 정면으로 돌파한 평론은 아직 나오지 않고 있다. 그래서 뭔지 모르면서 아무튼 끌려드는 이런 기현상에 '히라노 현상'이라는 이름까지 붙여졌다. 높은 산에 오르기 위해서는 한참을 걸어야 하듯 히라노를 이해하기에는 아직 조금 더 시간이 필요할 것 같다.

따라서 히라노의 두번째 작품인 『달』은, 그의 긴 행보에서 오히려 데뷔작보다 더욱 기념비적인 작품이라고 할 수 있다. 『일식』은 누구도 그를 알지 못할 때, 투고(投稿)라는 형식으로 써낸 작품이었다. 작가는 최소한 무명인으로서의 자유를 누릴 수 있었다. 그런 첫 작품이 일본의 간판급 문학상인 아쿠타가와 상을 수상하면서 사십만 부 돌파라는 대성공을 이루었다. 프랑스를 비롯한 여러 나라에서 이 신인의 작품을 번역하겠다는 의뢰가 밀려들었다. 어느 나라보다 먼저 히라노를 소개한 우리나라에서도 종합 순위 1위의 베스트셀러가 되었다. 그만큼 다음 작품에 대한 기대와 의구심은 컸고, 그만큼 작가는 무거운 압력 속에서 이 작품을 발표했다.

『달』이 출간되자마자, '『일식』을 능가하는 걸작', '『일식』은 천재의 첫걸음에 지나지 않았다!' 라는 찬사가 들려왔다. '무대가 프랑스 파리든 일본의 나라(奈良)든 히라노는 역시 히라노' '일식보다 더 멋지다!' '독자를 취하게 하는 소설' '고풍스런 러브스토리' '더욱 갈고 닦인 독특한 문체' 등등의 서평이 빗발쳤다. 이 소설을 통해, 히라노는 그를 두고 벌어진 소동에 충분히 값하였고, 또한 순수 문학계에 누구도 흉내낼 수 없는 독보적 존재로서 보기 좋게 착지한 것이다.

『달』도 적잖이 어렵다. 그러나 스토리 자체가 재미있는데다 불그레한 빛을 띤 황금빛 달의 신비에 자기도 모르게 취해 한번 잡으면 놓기 힘든 소설이다. 더구나 마지막 부분의 반전은 일파만파의 논쟁을 일으키기에 충분할 만큼 충격도와 극적인 점에 있어 발군이다.

무대는 나라 현 도쓰카와 마을의 깊은 산속, 지금으로부터 일백여 년 전인 1897년에 일어난 사건이다. 나라는 고대 문화가

꽃피었다 멸망한, 일본 정신의 근원이기도 한 곳이다. 그 자취마저 퇴색한 채 일본인의 정서 속에 아련한 슬픔으로 남아 있는 옛 도읍지, 이를테면 우리의 백제 고도 부여 같다고나 할까. 한 젊은 시인이 그곳 산속에서 길을 잃고 헤매다 붉은 꽈리열매처럼 눈을 빛내는 뱀에 물려 서서히 의식을 잃어간다. 참된 낭만, 절대적인 것과의 순간적인 일체, 찰나적 진실의 정열을 추구하는 젊은 시인. 그가 체험한 꿈과 죽음이 어우러지는 법열의 한 순간. 쓰러져 누운 그가 가물거리는 눈으로 바라본 꿈과 환상과 현실의 교착이 이 소설의 시간적 배경이 되고 있다.

그를 그곳으로 이끌어들인 인연 세 가지가 작품 앞부분에 제시된다. 이 세 가지 인연이란, 엄밀하게 보면 주인공의 감성이 그렇게 느꼈을 뿐인 단순한 사건이다. 그러나 이것을 굳이 인연으로 바라보는 것이 이 소설의 키워드가 된다. 그 인연들을 기본으로 설정하면서 작가는 삼차원 세계를 자유롭게 넘나들 수 있는 사이버 공간을 확보하였다. 의외로 이 소설은 치밀하면서도 또한 담백한 구성임을 깨달을 수 있다.

"벚꽃이 다 져도 요시노는 아름다운 곳인걸요."

호사스런 서양풍의 드레스에 동양적인 기품을 띤 아름다운 여인이 내비친 한마디, 그녀와 우연히 시선이 마주쳤던 순간을 인연 삼아 청년 시인은 나라 현 남쪽의 요시노를 찾아간다. 계속해서 비유하자면, 요시노란 부여에서도 낙화암이라고 할 곳이다. 영화를 누렸던 당대의 사적이 희미하게 남겨진, 일본 제일의 절경이라는 요시노는 벚꽃이 만발해도 어쩐지 허망한 느낌이 드는 곳이다. 폐불훼석이라는 종교적 광치(狂痴)에 휩쓸려 서서히 조락해간 옛 성지, 그 환영의 흔적을 찾아 걷는 아름다운 여인의 환상을 쫓아 청년 시인은 정처 없는 여행의 행선지를 정한다. 이것이 첫번째 인연이다.

요시노를 향해 가는 열차 안에서 한 노인을 만난다. 근대의 신식 바람 속에서 여전히 구식 변발과 차림새를 그대로 고집하고 있는 노인, 젊은 시절에는 한다하는 장사였을 몸집이 이제는 허옇게 곰팡이꽃이 핀 곶감처럼 변한 노인, 청년 시인의 상상은 그를 역사 속의 한 인물로 만들어나간다. 덴추구미(天誅組)란 '하늘의 천벌을 내리기 위해 모인 무리들'이라는 뜻이다. 거대하게 밀려드는 서양 물결이라는 시대의 추이를 거슬러올라 다시금 천황을 옹립하여 외부로부터 나라의 순수성을 지키고자 한 애국지사들이 당자인 천황으로부터 외면당하고, 내부의 모반까지 겹쳐 고립되면서 허망하게 처형되었다. 그중에서도 행동의 주모자라기보다 그 행동의 철학적 근거를 대주었던 인물,

반바야시 미쓰히라 ─ 노인의 얼굴에 역력한 광치에서, 청년 시인은 역사의 광치를 발견해낸다. 이것이 두번째 인연이다.

노인은 열차 안에 날아든 나비를 손안에 잽싸게 잡아 가둔다. 마치 장난꾸러기 아이처럼. 그것과 꼭 닮은 검은 제비나비가 청년 시인이 걷는 산길에 다시 나타난다. 시인은 아름다운 나비를 따라 흥이 돋는 대로 장난기가 이는 대로 뒤를 쫓다 어느 틈에 산속 깊은 곳에서 길을 잃는다. 나비는 사라진 지 오래다.

"대체 내가 어디를 헤매고 있는 것일까?"

이것이 세번째 인연이다.

이런 우연들을 인연으로 이끌어낸 청년 시인. 주인공은 소설 첫머리에 인용된, 근세 일본에 실재했던 시인 기타무라 도코쿠의 생과 사상을 작가의 방식으로 재해석한 인물이다. 도코쿠는 너무도 낭만적이고 순수했던 나머지 현실로부터, 시에게서까지 버림받은 끝에 스스로 생을 마감한 시인이었다. 그에게서는 낭만이라 이름하는, 인간이 손에 넣을 수 없는 찰나적 진실, 그 악마적 순수를 무리하게도 현실에 적용하고자 애쓴 문학적 광치의 냄새가 슬프도록 진하게 풍긴다. 그런 행적 때문에 기타무라 도코쿠는, 잠시 반짝 피었다가 좌충우돌 끝에 뒤켠으로 밀려나고 동시대의 모리 오가이(森鷗外), 고다 로한(幸田露伴) 등이 문단의 제일선에서 활발히 활약할 때 결국 자기 집 마당에서 목매어 자살하는 파탄에 이르고 만, 어찌 보면 실패한 시인이었다. 당시 일본 언론은 그의 죽음에 대한 보도조차 냉담했다. 히라노는 근대의 쟁쟁한 문학인들을 다 젖혀두고 이 시인을 되살려 소설의 근간으로 삼았다.

요절한 근세 청년 시인의 삶과 사상, 그리고 세 가지 인연이라는 키워드를 베이스로 깐 공간, 그 속에 뱀에 물려 쓰러져 누운 청년의 모습 하나. 그 순간부터 소설은 사이버 공간 속으로 돌입한다. 이 공간에서 작가는 소설 자체와 게임을 시작한다. 그는 이 게임을 통해 쾌락에 종사하는 것이 아니라 고통에 종사한다. 인간 존재의 깊은 바닥에 자리잡은 데모니슈, 악마적이며 초인간적인, 무엇인가에 들씌운 듯한 부분을 찾아 얽히고설킨 험난한 노정이 시작된다.

그러나 마지막 부분에 엔유의 느닷없는 재채기와 그 겨를에 흘러내린 백발 한 줌을 어떻게 해석할 것인가. 우선 가장 지배적인 것은 신비적 종교적인 해석이다. 이 이야기는 의식을 잃어가는 시인이 실제로 넘나든 영적인 세계라는 것이다. 세상에는 눈에 보이는 것과 또다른 질서가 엄연히 존재한다. 선승 엔유의 눈에는 나병의 백발 노파가 시인 마사키에게는 동경의 젊은 여인으로 비칠 수 있다. 생과 사의 중간 지점에 끼어든 인간의 영혼은 꿈과 환상, 그리고 현실 어디에도 자리잡지 못하고 헤매는 어떤 순간을 가진다. 이 틈새에서 그것들은 모두 한 가지이다. 거대한 꽃게에게 잡혀 양쪽으로 찢기며, 서서히 그 검은 입안으로 먹혀 들어가듯 인간은 죽음에 다가간다. 그러면, 시인의 시신은 어떻게 된 것인가, 왜 작가는 소설 속에서 언급조차 없는가, 마사키는 어떻게 된 것인가. 인간의 역사가 다 퍼올리지 못한 한 방울의 밤이슬? 호반조의 발치에 매달린 마른 잎 한 장? 가련한 왜솜다리 꽃 덤불? 바라보기도 아까울 만큼 아름다운 한 마리 나비? 아니면, 그 모든 것을 포함한 자연으로 돌아갔을까. 히라노의 종교적 관심이 범상한 것이 아니라는 점에서, 이 해석은 상당한 설득력이 있다.

그러나 유물론적 관점은, 이 소설을 신비에 내맡기려 하지 않을 수도 있다. 이를테면, 소설의 마지막 부분까지 모든 것은 죽음에 임박한 청년 시인이 자신의 꿈에 의탁하여 빚어낸 환상일 뿐이다. 즉, "왕선악 산속에 쓰러져 누운 청년의 모습 하나, 그리고 그 곁에 다가와 우뚝 선 다른 이의 그림자 하나, 희미하다"에서부터 돌입한 환상 공간은 절과 여숙에서 보낸 나날과 주인 여자가 들려주는 전설적인 이야기도, 노승 엔유의 돌연한 재채기와 그 겨를에 흘러내린 한 줌 백발도, 바라보기도 아까울 만큼 아름다운 한 마리 나비가 날아오를 때까지도 계속 이어진다. 소설 전체가 젊은 시인이 산에서 뱀에 물려 죽어가면서 꾼 꿈, 혹은 자기를 문 뱀과의 교감에서 빚어낸 환상이라는 해석이다. 그리고 작가는 마사키의 시신을 언급조차 하지 않음으로써, 그 해석으로 들어가는 문(門)을 삼았다. 이런 해석에서라면 작가의 사이버 공간 안에서, 세계는 그 자체가 환상이며, 왜솜다리꽃처럼 정갈한 한바탕의 꿈, 철저한 픽션이 된다.

히라노가 던진 작품 하나가 또 어떤 다양한 물결을 그리며 그 파문을 넓혀갈지 독자들과 평론가들의 반응이 궁금하다.

이 소설의 절정은 전통적 고전풍이다. 로미오와 줄리엣의 애절한 대화를 다시 읽어 확인해보고 싶을 만큼, 청년 시인 마사키와 뱀의 업보를 짊어진 여인 다카코의 사랑은 고풍스런 장면으로 다가온다.

"내 사랑은 단 한 번 휘두른 검이오.(……) 나는 그 검을 뽑았소. 당신 앞에 뽑아 보인 것이오.(……) 당신은 그저, 그 칼자루를 쥐고 내 가슴팍에 서기만 하면 되오. 그리고 혼신의 힘을 담아 찌르면 되오! 깊게, 깊게, 저 먼 곳으로 뚫고 나갈 만큼!"

"아아, 이제 망설임은 없어요. 얼마나 당신을 그리워하는지, 얼마나 당신을 사랑하는지. 얼마나 오래도록, 아아, 그렇지요, 단 한 순간도 잊은 일 없이, 얼마나 깊이, 얼마나 고통스럽고 허망하게! ─ 처음부터 이루어질 리 없노라 체념했던 내 사랑, 그것이 지금, 이 무슨 기적인가요, 이루어지려 하네요, 당신은 목숨을 걸고 저를 사랑해주시네요!"

독자들과 다시 한번 읽으며 가슴 깊이 슬픔에 젖어보고 싶은 문장이다.

히라노는, 소설 쓰기의 원론인 모방이라는 방식─옛 한문체 문장의 자유자재한 구사, 누구도 찾아내지 못한 고전의 인용 재생─으로 성실하게 회귀하고, 그것을 최첨단의 현대적 소설 기법으로 직조했다. 서로 어울릴 것 같지 않은 전통과 최첨단의 조화가 독자들로 하여금 뭔지 모르면서도 끌려들게 하는, 참을 수 없는 매력이 된다.

정공법적인 추구. 소설이라는 장르가 생긴 이래 누구나 추구하고 싶었지만 어느 지점에서 포기하고 만 주제에 정면으로 맞서는 것 또한 그의 빼놓을 수 없는 매력이다. 이 작품에서도 노승의 침묵과 여인의 눈동자에 씐 업보는, 선함과 악마적 힘의 이원론적인 대립으로 오버랩된다. 미래에 의해 예고되면서 항상 그에 예속되는 현재, 낭만과 현실, 찰나적 정열로 함몰할 것인가 나른한 일상으로 연장할 것인가 하는 인간의 보편적 고뇌에 야심차게 도전한다. 그의 도전이 어떤 결론을 이끌어냈는가는 그다지 중요하지 않다. 아마도 그것은 독자 개개인의 받아들임의 몫이리라. 그의 도전은 정통에로의 환기라는 점에서 전혀 새롭고도 중요하다.

인간이 일구어낸 가장 높은 문화현상 중 하나인 문학이 너무 오래 묵은 술병처럼 내팽개쳐지려 하고 있다. 히라노는 그 버려진 술병을 집어들고 정갈하게 손질하여 고풍스러운 가치를 부여했다. 향기 높은 술을 부어넣었다. 독자들이 그에게 취하지 않을 수 없는 까닭이다. 그것도 다름아닌 문학의 쇠퇴를 부른 영상매체, 혹은 영상매체적 기법으로 히라노는 문학에 다시 원래의 고귀함을 불어넣었다. 그는 문학을 통해 '성스러움'을 추구하는 것이다!

이 소설의 기저에 깔려 있는 많은 역사적 사건들, 인물들, 사상들―기타무라 도코쿠, 폐불훼석에 휩쓸린 고도(古都), 덴추구미의 지사(志士), 그리고 안데르센의 성공 뒤에 잊혀진 낭만주의 소설 「즉흥 시인」까지, 이 소설의 바탕이 된 소재들은 모두가 비극적이다. 일본 출판사가 이 책을 홍보하면서 내건 문안은 이랬다.

'현세와 몽계(夢界)의 갈라진 틈새에 헤매든 청년 시인의 성비극(聖悲劇)'

참으로 슬프고 아름답고 무서운 이야기. 이 소설을 길잡이 삼아 '인간의 역사가 다 퍼올리지 못한 한 방울 밤이슬' 같은 것들, 이를테면 나비에 이끌려 무턱대고 산중을 헤매다 쓰러져 가뭇없이 사라졌을 젊은 떠돌이 영혼들, 이를테면 이루지 못한 젊은 꿈들, 이를테면 이루지 못한 사랑 같은 것들이 성스러운 비극으로 되살아난다. 이 소설은 그런 것들에 바쳐진 헌사이다.

1999년 6월

양윤옥

지은이 **히라노 게이치로**

1975년 6월 22일 아이치 현 출생. 명문 교토 대학 법학부에 재학중이던 1998년 문예지 『신조』에 권두소설로 전재된 장편 『일식』으로 제120회 아쿠타가와 상을 수상하며 데뷔했다. 장편소설 『장송』 『얼굴 없는 나체들』 『결괴』 『던』 『형태뿐인 사랑』, 소설집 『센티멘털』 『방울져 떨어지는 시계들의 파문』 『당신이, 없었다, 당신』 『투명한 미궁』, 그 외 『문명의 우울』 『책을 읽는 방법』 『소설 읽는 방법』 등이 있다.

옮긴이 **양윤옥**

일본문학 전문번역가. 옮긴 책으로 『중국행 슬로보트』 『1Q84』 『일식』 『장송』 『센티멘털』 『소설 읽는 방법』 『가면의 고백』 『무지개여, 모독의 무지개여』 『납장미』 『철도원』 『칼에 지다』 『슬프고 무섭고 아련한』 『장미 도둑』 『나미야 잡화점의 기적』 『붉은 손가락』 『남쪽으로 튀어!』 『유성의 인연』 등이 있다. 『일식』으로 2005년 일본 고단샤가 수여하는 노마 문예번역상을 수상했다.

달

1판	1쇄	1999년 7월 10일
1판	13쇄	2007년 3월 26일
2판	1쇄	2008년 5월 22일
2판	4쇄	2018년 1월 26일

지은이 히라노 게이치로 | 옮긴이 양윤옥 | 펴낸이 염현숙
책임편집 양수현 | 저작권 한문숙 김지영
마케팅 정민호 정진아 함유지 김혜연 강하린 | 홍보 김희숙 김상만 이천희
제작 강신은 김동욱 임현식 | 제작처 영신사(인쇄) 경일제책(제본)

펴낸곳 (주)문학동네
출판등록 1993년 10월 22일 제406-2003-000045호
주소 10881 경기도 파주시 회동길 210
전자우편 editor@munhak.com
대표전화 031) 955-8888 | 팩스 031) 955-8855
문학동네카페 http://cafe.naver.com/mhdn

ISBN 978-89-546-0575-5 03830

www.munhak.com